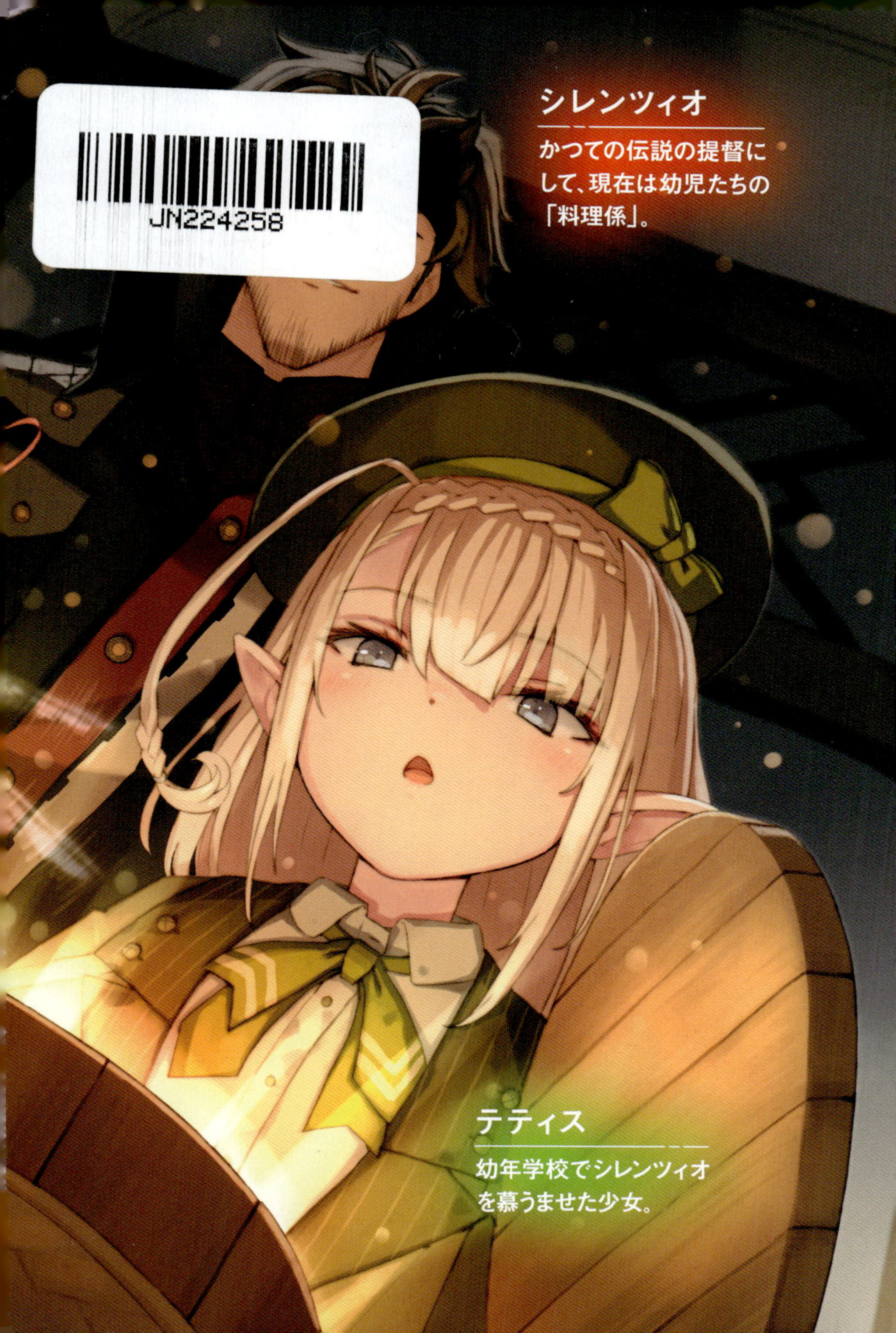
JN224258
シレンツィオ
かつての伝説の提督にして、現在は幼児たちの「料理係」。
テティス
幼年学校でシレンツィオを慕うませた少女。

あまり淑女と言えない行為なのだが、
シレンツィオはたしなめることもなく、
テティスを抱き上げている。

ガット
テティスの従者
である獣人の
少女。
醤油の樽を開けてみる。
明かりを近づけて見た感じ、
黒というよりは紫色である。
実際秋津島では、
紫と呼ぶこともあるらしい。
ボーラ
シレンツィオに命を救われ相棒として振る舞う
羽妖精。

英雄その後のセカンドライフ2
芝村裕吏
ILLUST.
しずまよしのり

CONTENTS

CHARACTERS

シレンツィオ・アガタ

「アルバの宝剣」と称えられた伝説的な軍人。今は幼年学校の「料理係」。

ボーラ

ひょんなことからシレンツィオに助けられた羽妖精。

テティス・エンラン

ルース王国の幼年学校でシレンツィオの学友となったエルフの少女。

ガット

テティスの従者を務める獣人の少女。

マクアディ・ソンフラン

幼年学校でのシレンツィオの友人。

エムアティ

幼年学校の校長を務めるエルフ。とても長寿。

エルフリーデ

シレンツィオの料理に救われた「東屋の少女」。

一章

(1)

朝日が上がる前に人は活動を始めるが、冬に限ってはそうでもなかった。体温を奪われぬため、あるいは無駄に腹を減らさぬため、多少遅く起きる。それは海の上ではついぞなかったことであり、余人はどうあれ、たいそう面白かった。

しばし、平和な時が続く。冬は終わり、山深い幼年学校にも春の兆(きざ)しが見え始めた。

この時代の春、という言葉は、現代と比べてずっと重い。体を温める燃料と体を温める燃料としての食料、両方の重い負担から解放されるからである。

冬の間、庶民は負担を少しでも減らそうと家に閉じこもり、これは軍でも学校でも同じであった。

それが、終わった。まだまだ寒いが外にでて日差しを浴び、そのありがたさに感謝する、そんな日々が始まったのである。

エルフの幼年学校に通う人間の中年、シレンツィオ・アガタも、春の訪れを実に喜んでいた。

〝食い物が増えるな〟

〝わーい〟

返事をしたのは彼の嫁を自称する羽妖精、ボーラである。実のところこのあたりからボーラ・アガタを名乗るのだが、シレンツィオが承認をしていないので、あくまで自称であった。

〝それでどうするんですか？　食料探しに下山します？〟

〝いや、上にいくぞ〟

まだ雪が残る山に入るのである。

〝え、シレンツィオさん大丈夫なんですか。春の雪山は危ないといいません？〟

〝雪崩に熊と言うな〟

シレンツィオの目の前を飛んで、ボーラは小首をかしげた。

〝でも行くんですね〟

〝いい加減、干した肉や干した野菜に飽き飽きだ。それぐらいなら少々命の危険があってもよかろう〟

当時としては、さほどおかしな感覚ではない。だからボーラも、強く止めはしなかった。

〝はーい。でも危なそうだったら引っ張ってでも帰りますから〟

羽妖精の背は三〇㎝ほどしかない。二m近い背を持つシレンツィオを引っ張るなど到底できそうもなかったが、シレンツィオは少しだけ笑って、そうかと返しただけであった。

遅れてボーラがついていく。

〝今笑いましたね、シレンツィオさん〟

〝笑ったな〟

〝いい傾向です。でも私以外にはその笑顔を見せないほうがいいです〟

〝なぜ?〟

〝シレンツィオさんが案外幼く見えるから〟

それは理由になるのかとシレンツィオは思ったが、すぐに意識を切り替えた。長靴に鋲(びょう)を打って、襟の長い黒い外套(がいとう)を着て歩き出すのである。食い物を入れるための袋もあった。

〝それでシレンツィオさんは何を狙うんですか〟

〝若芽だな〟

〝山菜ですね! イントラシアで良く食べていました!〟

〝春だけはあの苦味もうまい〟

苦味を上回るほどの栄養がある、というわけである。現代においては、想像も難しいが当時は冬の間に、栄養に極度の偏りがでていた。現代の知識で語るならばビタミン欠乏である。体がビタミンを欲するがゆえに、山菜はうまい、というわけであった。冬でも栄養に偏りがでないために、苦味の中から必死に旨(うま)さを感じ取らなければいけない現代とは違うのである。

降った後融(と)けては凍りを繰り返し、すっかり堅く、目の粗い感じになった雪を踏みながら獣道を進む。

雪割りで生えている若芽を見つけては短剣で切って袋に入れる。一度や二度ならまた生えてくるから、根までは採らぬ。これも知恵である。

春の兆しは地面だけでなく、木の又から新芽や花芽がでているものがあった。これも食べられそうなものは取っていくのである。

木の肌についた傷を見て、シレンツィオは少し微笑(ほほえ)んだ。

〝鹿がいるな〟

〝こんな高さにもいるんですね〟

〝それもそうか。ではこれは鹿ではないのか〟

斜面を歩くことしばし、答え合わせの時がくる。切り立った崖を登る冬毛のカモシカがいた。

〝あれは捕れませんねえ。捕りませんよね？　ものすごい斜面ですし〟

〝捕らんな。子連れだ〟

シレンツィオは目を細めてそう言った後、興味をなくして背を向けている。ボーラは嬉(うれ)しそうに、シレンツィオの周囲を飛んで回った。

〝心優しいシレンツィオさんが好きです〟

〝地方によっては狙って子鹿を捕るそうだがな〟

〝それは増えすぎたときですよ。食べるものがなくなると鹿は樹皮(じゅひ)を食べちゃうからですね。そういうのは天敵である狼(おおかみ)がいなくて異常繁殖した地域だと思います。例えば、このルース王国とか。全くエルフは糞(くそ)なんです〟

〝人間も似たりよったりだ。狼は農地の邪魔になる〟

言外にエルフも人間も差がないと言ったが、ボーラには伝わっていないようだった。

〝自然破壊は、安易にやっちゃだめなんです〟

〝そうだな。スキュラもそんなことを言っていた〟

急にボーラの目つきが悪くなった。

〝昔の恋人ですか。だとしたら○点ですよ、シレンツィオさん。○点です〟

〝スキュラというものは毎夜恋人を替えるものだ。俺のことなんて覚えられてもいないだろう。そう言えば、なんとか多様性がどうとか言っていた〟

〝遺伝子多様性ですね。それはそれでダメなスキュラですね。人間やエルフに教えるべき知識ではありません〟

〝そういうものか〟

〝はい〟

シレンツィオはそれ以上になんの反応もしない。スキュラの事情も都合も特に興味なかったし、羽妖精に対してもそうであった。他人への興味に乏しいというよりも、自分本位なのである。

ちなみにスキュラというのは今は絶滅した我ら以外の人間の一種で強力な催眠能力を持ち、それらを使用していくつもの海の生き物を侍(はべ)らせている女性しかいない種族である。ときに強調して描くあまりに絵図だと下半身が蛸(たこ)だのイルカだのになっていることがある。今も生きている人魚とは別の種である。

閑話休題。シレンツィオは山菜を集めて歩く。山菜を狙うのは人間ばかりではない。獣や鳥も若芽を狙う。当然遭遇する確率も増える。シレンツィオとしてはそれらも獲物にしたかったが、運悪く手に入れそこねた。そういうときもある。そもそもこの山都は食料が異様な高値のため、秋深くまで狩りの手が入ったのであろう。生き残った獣は、そうそう簡単に人間に捕まるようなことはなかった。

〝まあいい。帰るか〟

〝はーい。帰りましょう。帰りましょう。羽妖精は菜食なんで、肉なんていりません！〟

しかし魚は食うらしい。

シレンツィオがボーラのおしゃべりを聞きながら帰ると、自室の前に金髪碧眼（へきがん）のエルフの幼女が立っていた。もっとも、幼女とはいえ、そこはエルフ、年齢ではそろそろ年寄りであるシレンツィオより年上だったりする。名を、テティスと言う。エンラン伯爵家ゆかりのものと名乗るが、具体的な名字は聞いたことがない。もしかしたらエンランを名乗ることが許されていないのかもしれない。シレンツィオにとっては、どうでもいいことであったが。

そのテティスがスカートの裾を上げて優雅に挨拶する。

「おじさま、ごきげんよう」

「どうしたんだ」

「おじさまに会いに来ました」

「そうか」

〝性悪エルフがまたなにか企んでいますよ、シレンツィオさん〟

〝あなたと一緒にしないでください。ふしだら羽妖精さん〟

「ガットはどうした」

ガットとはアルバの言葉で猫を言う。猫の獣人であり、テティスにあてがわれた側仕えだった。

こちらは本当の幼女である。テティスが人の心を読める権能をもつため、このような処置になったようである。エルフが嫌がる仕事を獣人にさせることはよくあった。

「あの子はその、おじさまの袋から出る匂いを嫌がって逃げ出しました」

「なるほど」

「何が入っているのですか?」

背伸びして見ようとするテティスに、シレンツィオは袋の中身を見せた。

「山菜ですね」

「今から料理するところだ、食べるか」

テティスの顔が曇った。シレンツィオはちょっと笑った。子供が山菜を嫌うことは、人間でもある。

「そんなに苦くはしない」

「ありがとうございます。では、控えめに食べます」

〝山菜の味がわからないなんてお子様ですね！〟

「お子様で良いのです。おじさまが好いてくれれば」

ボーラと言い争いながら、テティスは自らの部屋に向かい始める。シレンツィオの部屋には厨房がないため、料理はテティスの部屋ですることが定番なのだった。

「苦い匂いが追ってきた！」

テティスの部屋ではガットがそんなことを言って逃げ出した。食わせないから大丈夫だとシレンツィオは言う。袋から山菜を取り出し、洗い、選り分けながらシレンツィオは半分凍って堅くなったパンを取り出した。

これをおろし金にかけるとバラバラになる。パン粉である。固く焼いたものであれば棒で叩いてパン粉を作ることもある。

鶏卵を使い、山菜をくぐらせた後にパン粉をまぶし、最後に熱した油の中へさっと入れた。すぐにも香ばしい香りがして、テティスの顔が、予想外というふうにほころんだ。

「あの、おじさま。私は控えめでなくてもいいかもしれません」

「そうか」

合わせる調味料は塩であった。乾燥させた香草を混ぜて、香りをつける。ついでにハムもパン粉をつけて揚げた。

「さて食うか」

ガットにはハムだけである。シレンツィオは健康にいいからと子供に食い物をおしつけるような趣味はない。欲しければ言え、とだけ伝えてある。

山菜というと色々な種類がある。シレンツィオが揚げるのに選んだものはコゴミとアスパラガスという植物であった。アスパラガスというのはアルバでは栽培食物なのだが、本来は山に自生する山菜である。エルフの国のアスパラガスはアルバでは珍重される紫のかかったものであり、甘いと評判であった。

コゴミは草蘇鉄(そてつ)という植物の若芽である。アク抜きしないでも食べることができるほど、苦味は少ない。

サクサクとした揚げ物を食べたテティスの顔が、にわかに笑顔になった。

「美味(おい)しいです。おじさま」

「そうか」

ちなみに、塩に混ぜ込んだ香草も山菜である。クマネギと呼ばれる草で、にんにくに似た臭気が少しある。

ちなみにボーラは、一心不乱にアスパラガスを食べており、一言たりとも発していない。

ガットはその様子を見て、おそるおそる口を開いた。

「にゃーも食べてみたいです」

「そうか」

ガットは匂いをよくかいで、続いて勢いよく食べてみた。勇気が必要だったのであろう。その勇気は報われて、ガットは笑顔になった。

「なんでおいしいの？」

そんなことを言う。子供ながらに不思議だったに違いない。シレンツィオは口を開いた。

「もちろん、山菜の中でも苦くないものばかりを選んだからだな」

「おいしいです。おじさま」

「にゃーもすぅです」

「揚げ物で思い出したが、マスかなにかを揚げたものが食べたい。このあたりに魚のいるところはないか」

〝いいですね！　シレンツィオさん！　賛成です！〟

「すみません。おじさま。私、そういうのには不案内で」

「にゃーはしってます」

「そうなのね、ガット、教えてさしあげなさい」

「はい」

シレンツィオは満足である。幼女幼児に囲まれての生活だが、本人はなんの不満もない。しかも自分の知らない山菜まで食べられるかもしれぬ。

翌朝早く、再び山菜採りに行くことにし、シレンツィオはエルフの幼年学校の授業を受けに行っている。飛び級二回で三年生だが、実質一〇歳（さい）程度の教育内容である。無双であった。

通常、こうした授業は退屈になりがちだが、シレンツィオの場合はそうでもなかった。本人にも自覚はないが、何にでも面白みを見つける才能があったのである。あるいはそれは、未知の世界へ行きたがる船乗りとしての性質だったかもしれない。

今、シレンツィオが熱心に受けているのは魔法の授業である。なおシレンツィオは体内に魔力がないので魔法は一切使えない。

〝シレンツィオさん、魔法使えないのに魔法の授業受けてどうするんですか〟

〝面白いだろう〟

〝そうですか？〟

付き合いきれぬとばかりに、襟の中に隠れるボーラは、あくびして寝入ってしまっている。

シレンツィオは気にした様子もなく、楽しげに教師の説明を聞いている。

曰（いわ）く、魔法とは血の中にある魔力を使うのだという。この血の濃さで魔力の多寡が決まる。

「つまり生まれつき、ということだ。これ自体は訓練してもほとんど伸びない」

エルフの教師はシレンツィオを見て残念そうにそう言った。シレンツィオ自身は、残念そうに言われること自体がよくわからない。人間が魔力を持ってないのが当たり前過ぎて、自分が魔法を使うという想像ができないのだった。

「おじさま、残念がることはありませんよ？　わたくしが代わりに魔法を使ってあげますから」

隣の席のテティスがそんなことを言う。ものを冷やす魔法は氷菓子を作る際に便利だなと思いつつ、シレンツィオは説明に耳を傾ける。

「魔力とはなにか。魔力は目に見えないし、重さもないものである」

教師の説明は、魔力というものを想像できないなにかにさせた。空気にさえ重さがあるのに重さがないものがあるのだろうかと、シレンツィオは考えた。魔法という現象がなければ実在を疑ってもいいくらいだ。

教師はシレンツィオの疑問などお見通しだというふうに続ける。

「とはいえ、〝ない〟わけでもないのだ。現に魔法を使うことができる回数には限度がある。魔法の種類を変えても限度は変わらないし、発火なら三回で一回の小炎の魔法に匹敵する魔力であろうということは精霊魔法的に証明されている。また死体は権能を使えるが魔法を使えない。つまり死んだ血は魔力を持たないこともわかっている。生命と魔力に密接な関わりがあることまでは分かっているのだ」

「精霊魔法とはなんだろう」

シレンツィオが尋ねると、あちこちで子どもたちの笑い声が聞こえた。エルフにとっては当然の知識だったようである。

「精霊魔法とは計算のことだよ。アガタくん。あれもまた、魔法の一つだ。万物を形成する精霊やその動きを数字という形で把握しようというものだ。これだけは魔力がなくても使うことができる魔法だ。がんばるといい」

魔力がなくても使えるものは魔法なのか？　と思いながらシレンツィオは礼を言った。シレンツィオの母国アルバやその周辺を指すニアアルバでは計算は計算である。どうもエルフの説明を聞くと、精霊魔法は物理と統計と計算が渾然としているようである。

分化したり、単離したりしないのはなんともエルフらしいというか、人間からすると習得するまでの時間が長く、分業が難しいように思えた。寿命が長いからこその未分化、渾然一体とした概念であろう。

しかし精霊魔法か。

精霊と魔力にはどんな関係があるのであろうか。あるいはないかもしれないが。

「おじさまは先程の授業で腑に落ちないことがあったのですか？」

授業が終わるとテティスがシレンツィオの顔を覗き込んで、そんな事を言った。シレンツィオはうなずくと、ゆっくり言葉を選んだ。自分で考えながら言葉を紡いだ、ともいう。

「妖精はいる。これまで色々見てきた。しかし精霊というものを俺は見たことがない」

「精霊非実在派ですね。そういうことをおっしゃる学者もいるそうです」

「エルフでも精霊を見たりはそうそうできないのだな?」

「精霊はどれも目に見えません。そう言われています」

「どんな仕事をするんだ」

「まあ、おじさま、精霊が仕事だなんて面白い言い回しですね。……うーん、そうですね」

テティスは長い髪を振った後、唇の下に指を当てながら口を開いた。

「精霊とは、魔法と言葉を仲立ちするものと言われています」

「言葉」

「先程の授業ではでていませんでしたね。多分次の授業で教わると思います。魔法とは言葉で指示(コマンド)するのです」

「しかし普段会話していても魔法は出てこないな」

「はい。そこで精霊なのです。ただの言葉と魔法になる言葉の違いは、精霊が仲立ちするかどうかだと言われています」

「なるほどな。では精霊非実在派はそこをどう説明しているんだ?」

「さあ……? 申し訳ありません、精霊の存在を信じない彼らは異端も異端なので、彼らの主張を知るものはほとんどいないと思います」

「そうか。いや、ありがとう。実に面白い話だった」

「いえいえ、どういたしまして」

シレンツィオは少し考えた後、テティスに再度声を掛けている。

「エルフのことには不案内なので尋ねるのだが、精霊非実在派というのは弾圧されていたり、迫害されていたりするのか？」

「いいえ。少数派ではありますが、そんなことはありませんね……」

「なるほど。人間の世界ではそういうことが多くてな」

「エルフでは学者ごとに言うことが違うと言います。それを気にしては生きてはいけないとも」

「それはいい考え方だな。エルフのそういうところは人間も真似(まね)したいところだ」

シレンツィオはそう言ったが、それが極めて難しいことも分かってはいた。なにしろ人間は寿命が短いのである。短い時間であるからこそ、その考えを絶やさぬよう、他の人間に継承したり、広めたりしなければならない。その先にあるのは学徒の取り合いであり、人間の世界ではありふれた派閥争いである。

あるいは寿命が二倍くらいに伸びたら学問における派閥争いなぞなくなるかもしれない。シレンツィオはそこまで考えた後、いや、人間はそもそもにして派閥争いが好きなのかもなと考え直(なお)した。

〝おじさまはそんなことないと思います〟

〝そうです。シレンツィオさんが派閥なんて想像もつきません。もう少し他妖精を気にしてください〟

テレパスにて、そんな文句が飛んできた。シレンツィオは表情を変えずに口を開いた。

「俺は派閥争いに巻き込まれてここに来たんだがな」

そうぼやいた。もっともこの言葉はテティスにもボーラにも、響いてはいない。

「あら、人間もいいことをするのですね？」

〝アルバの宝剣を手放すなんて、愚かもいいところなんですよ〟

口々に、そんなことをいう。シレンツィオはわずかに笑うと、その言葉を納得することにした。もとより派閥争いの件で恨みはないのである。全てはシレンツィオの知らぬところで起きたことであり、シレンツィオ自身も、船乗りをやめたからここにいるとも思っている。

時間は流れ一四時過ぎになると授業が終わる。現代的な感覚でいうと随分早い気もするが、夕食の準備を自分でする生徒などからすると、そこまで時間に余裕があるわけでもない。この時代は明かりに使う油が異様に高く、ほぼ一日の稼ぎと同額だった関係で、日暮れまでに全てを済まさないといけなかった。

そんな、誰も彼もが急ぎ足になる時間。シレンツィオはどうかというと、朝に使った油がもったいないので夕も揚げ物にするつもりであり、そのため時間には余裕があった。大量の油を使う金銭的な負担はさておき、揚げ物はパンを焼くより時間がかからないのである。

彼はその時間を、有効活用しようとしている。

シレンツィオが向かったのは、中庭である。ここにはいくつかの東屋(あずまや)があったのだが、そのうち一つは悪魔がでてくる魔法陣が隠されていたということで、閉鎖されてしまっている。今もまだ、衛兵が数名立っている状況である。

シレンツィオは特に気にすることもなく東屋の前を歩き、別の東屋に入った。先客が一人いた。

メガネを掛け、薄い本を持った少女である。この時代のメガネはレンズを使用しておらず、輪に魔法陣をかけて使用していた。職人が手でレンズを研磨するより安上がりだったのである。

「邪魔をする」

「どうぞ」

少女は恥ずかしそうに笑顔を見せて言った。

この本の少女、あるいは東屋の少女、名をエルフリーデという。エルフなのに〈エルフのよう〉(エルフリーデ)という意味の名前なのは、この頃北大陸のエルフは自らを人間と称しているからである。彼らにとってエルフは山奥の少数民族のことであった。

この娘、人間年齢に換算するとテティスなどより年上の五二歳である。見た目としては人間からすると一三かそこらに見えた。

シレンツィオが座るための場所を空けると、エルフリーデは口を開いた。

「なにかありましたか?」

「エルフからすればくだらないことを、先輩に聞こうと思ってな」

「先輩とは私、ですか」

エルフリーデはそう言うと、楽しげに笑った。正面からシレンツィオを見上げる。

「なんでも聞いてください。今生きているのは、シレンツィオさんのおかげなんですから」

シレンツィオは表情一つ変えなかった。

「そんなことは気にするな。それで、今日授業で精霊というものがあると聞いたんだが」

「あ、三年生に上がれたんですね。おめでとうございます」

「ありがとう。それでの話なんだが、精霊非実在派というものが存在すると聞いた」

「はい。ありますね。……それが？」

エルフリーデは小首をかしげた。シレンツィオは言葉を続ける。

「その主張を知りたい。精霊が実在する派閥のほうは授業で教えてくれそうだからな、教えてくれないほうが知りたい。エルフリーデは座学は優秀だと聞いたことがあるので尋ねてみた」

「なるほど」

エルフリーデは少し東屋の天井に目をやったあと、すぐに口を開いた。考えをまとめたのだろう。

「まず一般的には、精霊とは魔法を使う実行役だと言われています。言葉を解釈して、魔力を吸い上げて魔法を実行する役目ですね」

「ふむ」

「精霊非実在派は、実行役は存在してないのではないかという仮説を立てています。仮説というのは、一定の現象を統一的に説明できるように設けた仮定のことですね。この場合では魔法の実行役がいないとしても、魔法発動の仕組みは説明できる、という主張です」

「なるほどな。目に見えないものだから、そのように解釈が分かれるわけだな」

「そうですね。でも、普通のエルフは精霊非実在派の主張をこじつけだと思っています」

「面白そうだな。どうしてだ?」

エルフリーデは土よ踊れと言った後、地面の土を指で示している。何も起きない。

〝土よ踊れ〟

エルフリーデが再度言うと、今度は土塊（つちくれ）が動き出した。小さな人形になって体操をはじめている。

「こういうことなんです。今の言葉の違いはわからないと思います。私だってよく分かっていません。でも、こうすると、聞き届けられる、という感覚はあるんです。なんとなくですけど」

魔法が使えない人間にはわかりにくいと思いますけど、と言い添えて、エルフリーデは言葉を続けた。

「聞き届けられる感覚、というものがある以上、実行役がいると思うのは極普通です。精霊非実在派の仮説は、一般的な感覚に逆らっているので支持を集めていないんです」

「なるほどな。実に面白い話だった。ありがとう」

「い、いえ。お礼なんて」

エルフリーデは体育の成績が悪いので退学危機にある劣等生である。それが（見た目は）年上の男に礼節を尽くされて尋ねられるので、すっかり照れてしまった。あまり褒められたことがないので、余計にである。

シレンツィオは頷（うなず）いた。

「エルフリーデが落第せぬように俺も力を尽くそう」

「シレンツィオさん」

「どうした」

エルフリーデは、表情に迷ったあと、笑顔になった。

「いえ……また、わからないことがあれば尋ねてください」

「感謝する」

シレンツィオはそう言って離れた。料理をする前に食堂によらねばならぬ。

すると、にわかに襟が暴れ出した。カンフーするとも言う。

〝なんですかあの女！　気づいていましたか、ちょっとずつ距離を縮めていましたよ！　あと声に甘いものが混じっていました〟

〝そうだな。感謝などいらんのだが〟

しばらく沈黙があった。ボーラは襟から顔を見せてまじまじとシレンツィオの顔を見ている。

〝あれを感謝と言い切るシレンツィオさんは女の敵だと思います〟

〝お前はエルフリーデの味方なのか〟

〝私はいつだって私の味方ですがなにか〟

〝そうか。てっきり俺とエルフリーデをくっつけたいのかと思った〟

〝ダメです。そんな事になったら、いえ、そんなことはさせません。ありとあらゆる邪魔をしますよ。同衾してるところに毛虫いっぱい投げ入れたりしますから〟

〝そうか〟

〝本・気、ですからね〟

〝安心しろ〟

〝シレンツィオさんの安心しろで安心だったことは一度もないじゃないですかやだー!!〟

〝そうだったかな〟

シレンツィオはそう言った後、指で己の顎を撫でた。恐ろしく切れ味の鋭い短剣で朝昼夕と髭を剃っているので肌触りはいい。

〝ところで羽妖精的に精霊というのはどうなんだ〟

〝すみません。それについて語ることは羽妖精の女王に禁止されているんです〟

〝そうか〟

〝人間やエルフには教えてはいけない知識だと言われています〟

〝知ってはいけない知識ではないんだな?〟

〝はい。自分で気づくことについては大歓迎です。いつか、そうなって欲しいと思っています〟

〝そうか。それでは都合が悪ければ喋らなくていいのだが……〟

〝はい〟

〝エルフリーデは違いがわからない、と言っていたが、俺には違いがわかった〟

〝魔法の言葉ですか。あー。そうですね。シレンツィオさんはエルフ語が母語ではないですし、普段から私達(たち)とつきあっているので気づいてしまうかもしれませんね〟

〝そうか。いや、それだけだ〟

〝残念ですけど、その謎を解いても人間では魔法は使えませんよ？〟

〝いや、単なる知的好奇心だ。目的はない〟

〝学者にでもなりますか？〟

〝仕事にしたいわけでもない〟

シレンツィオという男には裏表がない。色々なものを母親の腹の中に置き忘れて生まれた男であったが、裏表も忘れてきたようであった。

そうして歩く部屋への帰り道、食堂に行って乾パンをもらった。固く焼き増したパンで、焼き立てはほのかに甘く、うまい。ただ数日もすると、砂漠で砂を噛(か)んだような味になる。

一般的なエルフのパンは牛酪(バター)が少ないのであまり好きではないのだが、このエルフ語でレンパスとも呼ばれる乾パンは別だった。焼き増す過程で油をたくさん使っているせいかもしれない。現代と比べて二〇倍以上も食用油の価格が高い故なのか、この時代は油っぽい食べ物が人気であった。

襟が、揺れた。正確には襟の中に隠れるボーラが揺らした。

〝シレンツィオさん、どうせなら食堂で食べれば良くないですか？　無料らしいですよ〟

〝俺はうまいものが食べたい。残りの寿命であと何回食えるかと思うと余計にな……大丈夫だ。変わった献立のときは教えてもらえるようにソンフランに頼んでいる〟

〝はぁ。人間の食に対する情熱は、時々常軌を逸してる気がします〟

〝地方によるな。アルバに限らず、船乗りは多かれ少なかれ美食家だと思うが〟

それもこれも、この頃の船上食が際立ってまずいせいである。このため反動で船乗りは美食を追求する風土が生まれた。この風土はこの後数百年も続き、海軍の飯はうまいと陸軍から羨ましがられる原因となった。

部屋に戻り、すぐに厨房として使っているというよりも厨房のついているテティスの部屋に向かう。シレンツィオの部屋には簡易厨房しかなく、それ故に天火（オーブン）がなく、料理する時の大半はテティスの部屋を使っていた。

シレンツィオの顔を見た瞬間に、テティスが笑顔になった。ガットはシレンツィオの背中にしがみついてよじ登った。

「おじさま、何を作るのですか？」

「乾パンを揚げる」

「そのような食べ物があるのですか？」

「昔、話を聞いたことがあるんだが、騎士の食い物らしい。いつか試してみようと思っていた」

溶き卵にくぐらせパン粉をまぶして、乾パンを揚げる。大皿いっぱいに揚げる。上に朝採ってきた山菜という名の香草を散らす。わずかに砂糖もまぶす。

残った卵に更に卵を加えて油いっぱいの鍋の中でゆっくりかき混ぜながら焼く。火が通り過ぎないうちに鍋から落ろす。味付けは塩が少し。

朝にアク抜きしていた山菜を焼く。アルバでいう火炎草、本邦では柳蘭（やなぎらん）という植物の若芽である。

野焼きをした山に大量に生えるゆえに火炎草というこの山菜は、大量の油で炒（いた）めるとうまい。揚げ物の油を捨てるのももったいないので、このように油を使い回すのである。

結果、食卓の上は油分いっぱいの料理ばかりになった。もっとも、今とは比べ物にならないくらい体を動かしていた時代であったから、シレンツィオの胃がもたれることも、体重管理を気にするようなこともなかったろう。

揚げた乾パンはからりとしていて、噛めば甘みもあり、実に美味（うま）かった。エルフの国の乾パンは軍用のためか、一口大にしてあることもテティスやガットにはよかったろう。

ポーラはどうかというと、自らの体に比して枕ほどの大きさの揚げた乾パンを拳で割って食べていた。

〝そうか、羽妖精にはちと切り出して食いにくいな。悪いことをした〟

〝いーえー。よくあることですし〟

〝割ってやろうか〟

〝わーい〟

「おじさま私も」

〝性悪エルフにはいらんやろがい！〟

〝やろがいってなんですか。羽妖精はこれだから〟

シレンツィオは表情を変えぬが、本人としては笑っているつもりである。

ガットに目をやると、ガットは揚げた乾パンをまとめていくつも頬張って、勢いよく食べていた。目が合うと、実に嬉しそうに笑い、口の中の一部がこぼれてしまった。

シレンツィオはそれの世話もする。

中々いい人生じゃないか。そう思うのである。

ところでこの日一番受けたのは卵を焼いたものであった。油の中で泳がすように焼いた不格好な半熟の卵焼きだが、全員が絶賛する出来栄えである。シレンツィオはなるほど。こういうのがいいのかと、覚えた。卵が手に入ったら、また作るのも悪くない。

食事が終わる頃にはもう夜である。明かりは高いので月の光に頼るが寒いとなると窓も閉めなければならず、そうするとやることがない。寝るだけである。シレンツィオは釣床の上で、気持ちよく寝た。ぐうぐう寝た。


翌日、シレンツィオは朝からガットを伴って魚を採りに行っている。獣人であるガットの運動能力は高く、人としてかなり成績上位にあるシレンツィオに劣らない。それでいてまだ一〇歳にもなっていないのである。

「いい戦士になれるな」

シレンツィオがそう言うと、ガットは嬉しそうに笑った。

それを見て不思議そうにするのはボーラである。

〝え、戦士より貴族のお付きのほうが良くないですか？〟

〝獣人はそうは思わない。野を駆けるのが苦にならぬ体の代わりに、野を駆けねば体調を崩すのが獣人だ〟

〝そうなんですか!?〟

〝ああ、いい船乗りになれそうなのに、そのせいで船に乗る獣人はほとんどいない。同じことだ。貴族のお付きというのは、獣人にとっては手の込んだ牢獄みたいなものだろう〟

〝ほへー。なんでガットちゃんは性悪エルフに付けられているんです？〟

〝普通は借金か人質だが、ガットはそんな感じではない〟

〝そうですね。性悪エルフに恨みもなさそうです〟

〝獣人は恩義に報いることが他種族とは比べ物にならないので、おそらくはそれだろう〟

〝なるほど〟

〝それならば、いつかは自由になるはずだ〟

シレンツィオは楽しみが増えたような顔で言った。もっともボーラ以外に、その表情を読み取るものはいなかったが。

さてガットが案内したのは、山の上方にある川の源流付近であった。森林限界を超えているので、もはや木々もない。

岩だらけの地で、岩と岩の間を縫うように、あるいは岩を浸すように、冷たい水が流れていた。

水源は軍事的に重要とはいえ、ここに人の姿はない。それというのもこのような場所が、この山のあちらこちらにあるからであった。

〝こんなところにいるんですか？　お魚〟

ボーラに言われたシレンツィオが返事するより先に、先行していたガットが大きな指で指した。

岩を丸く並べて小さな人口の池が作られている。

「ここ」

「ガットが作ったのか」

シレンツィオが尋ねると、ガットは何度もうなずいた。それだけではなく、捕まえた魚をここに放流することもしていたらしい。魚を保存する方法としては、悪くない手であった。

「俺が釣ってもいいのか」

「いい。いつも親切だから」

ガットに言われて、シレンツィオはそうかと返した。頭を撫でると耳を倒して嬉しそう。

「じゃあ、今日食う分だけ捕まえるか」

この池にいる魚はいずれも元は川魚であった。シレンツィオは繋ぎの釣り竿を用いて、小さいながらも形の良い桜鱒を捕まえている。桜鱒は春の魚ではあり、身が肥えるのはもう少し先であった。

「これは中々美形の桜鱒だな」

〝シレンツィオさん、魚に美形とかいるんですか？〟

ボーラが不思議そうに言うのにシレンツィオはうなずいてみせた。

〝背が盛り上がって頭よりずいぶん高くなっている魚はうまい。これを美形という〟

〝なるほど〟

〝もっとも海魚の話だがな。桜鱒がそうなのかは知らん〟

〝えー〟

〝食ってのお楽しみだ〟

〝そうですね！　刺し身が食べたいです〟

〝刺し身とはなんだ〟

〝生で食べるんです〟

〝やめておけ。川魚の寄生虫はたちが悪い〟

〝えー〟

〝寄生虫にも色々いるが、皮膚の下で踊るやつがいてな〟

〝やめてください。死んでしまいます〟

〝食べないことだ〟

〝分かりました。まあ、シレンツィオさんがそこまで心配するのなら！　ちょっとくらいは我慢します！〟

本当に大丈夫だろうなとシレンツィオは心配しつつ、三匹の桜鱒を釣り上げた。見るとガットはそれ以上の数の桜鱒を追い込んで池に飛び込ませている。ガットならば直接手づかみでも捕まえられそうだなと思ったが、シレンツィオは黙っていた。魚肉はとても繊細で、指で押しても味が変わることもあれば、死んだ後の体温で肉が変質することもある。できれば丁寧に扱いたいのである。

シレンツィオは釣り上げた魚を締めると、その場ですぐに身を三枚に下ろして袋に入れ、川に入れて温度を下げた。今度来るときは、テティスに氷の魔法をつかってもらうのも悪くないかもしれない。

十分に冷やしたら、濡(ぬ)れた袋を担いで急いで帰るのである。

帰ったら即、テティスの部屋で料理となった。

まだ冷たい桜鱒の身を拭いて水気を落とし、塩胡椒(こしょう)と、小麦粉をまぶす。鍋でオリーブから作られた油を熱し、桜鱒を皮目から焼く。弱火でじっくり焼くのがコツである。付け合せの山菜は別の鍋で軽く茹(ゆ)でた。

檸檬(れもん)を絞って完成である。

テティスは魚の焼ける音で目を覚まし、眠そうながらも幸せそうな顔で美味しそうですね、と言った。
実際、この日の朝食は実に美味であった。桜鱒の身はふっくらして口の中にふくよかな味が広がり、淡白な身を塩胡椒が引き立てる。

「貴族でもここまでの食事は中々ありませんね」

テティスはシレンツィオが焼いた薄焼きパンと合わせながら、嬉しそうに笑って言った。ガットもうなずく、ボーラは正直舐(な)めてました、生じゃないのに美味しいですとまで言った。

つまるところ。うまーである。四人並んで、桜鱒を堪能(たんのう)した。

昼は簡素(かんそ)にこの薄焼きパンに桜鱒を焼いたものを挟んで、塩気の強い乾酪(チーズ)も入れてたべるのである。

食後は授業である。シレンツィオはテティスと連れ立って教室へ向かった。手を握りたそうにしていたので握ったところ、即座にボーラが出てきて邪魔をした。手刀で切って誰がそんなことをしていいと言ったなどと念話を飛ばしている。

〝あら、手を繋いで登校など、仲が良ければ当然ではありませんか〟

すました顔で言うテティスに、ボーラは憤慨した。

〝薄汚れた欲望が透けて見えるんですよ。性悪エルフ〟

〝あら、佃煮(つくだに)になりたいのかしら〟

ちなみに佃とは秋津洲(あきつしま)の東国にあるという地名である。この佃で発祥したとされるのが佃煮であった。

言い争いする一エルフと一妖精をよそに、シレンツィオは今晩の献立を考える。シレンツィオからすると、子供の手を引くことに思うところはまるでない。気になるところは別にあった。

「ところで、気になったことを聞いてもいいだろうか」

「なんでしょう。おじさま」

「エルフの貴族は何を食べているんだろう」

すぐに、テティスの顔が曇った。困ったと言うよりも、あまり良い思い出がないようであった。

「冷めたものが多いですね……」

「氷菓子のようなものか」

「いいえ、冷えた料理ではなく、冷めた料理です」

「なるほど。俺のエルフ語の能力では同じことに聞こえるが、意味が違うのだな」

「はい。温かく頂きたいものが冷えてしまったのが冷めた料理で、冷たく頂きたいものが冷たく出てきたのが冷えた料理です」

「ふむ。面白い言い回しだ。覚えておこう」

シレンツィオは口の中で冷めたと冷えたを発音した後、テティスの横顔を上から覗き込んだ。

「冷めた料理を食べるのはなぜだ？」

「調理場から食堂までが遠いのが一つと、歴史と伝統だと聞いています」

「歴史と伝統」

シレンツィオは考え込んだ。その様を不審に思ったか、テティスは不思議そうに口を開いた。

「考え込むようなことでしょうか」

「考え込むところだな。料理というものはたいてい、温かいほうがうまい。冷やしてうまい食い物もももちろんあるが、圧倒的に温かいもののほうが多い。この部分についてだけいうと、人もエルフも獣人も、変わらないはずなんだが」

「南大陸のドワーフはどうでしょうか」

テティスは別種族の名をあげた。

「銃の取引で良く行ったが、やはりというか、温食が中心だった」

それもそのはず。脂と油は程度の差こそあれ、冷えると固まって不味(まず)くなる。この物理法則は世界共通である。普通に料理を作れば温かいものはうまいのである。

「人間の国では貴族は温かいものを食べるために蓋はするわ、皿を温めるわ、厨房からの距離を短くするために専用の通路を設けるわでありとあらゆる手を使っていたのだがな」

「それはなんというか……人間の執念はすごいですね？」

〝お、性悪エルフも気づいてしまいましたか。私もそう思います。シレンツィオさんだけじゃなく、アルバという国が美食にこだわるのかもしれませんね〟

〝ボーラの故郷はどうなんだ。トンボの大島にも人間はいたはずだろう〟

〝秋津洲ですか。ええ。もちろんです。でも寒冷化の影響でみんな食べるのに精一杯で、美食なんかとても……それにまあ、食に関しては上のエルフの文化もこっちのエルフと似たりよったりなので〟

上のエルフ、古代語でハイエルフと言う。アルバではトンボの大島と呼ぶ秋津洲に住まうエルフを指す。彼らは北大陸のエルフを劣ったエルフとして差別していた。寿命などで大差があったのである。

〝似たり寄ったりというと、冷たいものをもっぱら食べるのか？〟

〝もっぱらというほどでもないですけど、シレンツィオさんほど気にはしてないみたいですねえ〟

〝なるほど。つまりは、脂分の少ない食事をしているのだな〟

シレンツィオが言うと、ボーラは周囲を飛んで回った後、思念を飛ばしてきた。

〝言われてみればそうだったかもしれません〟

〝エルフ料理、調べてみるか〟

「あの、おじさま、わたくし、おじさまの料理のほうがずっと好きです」

テティスが遠慮がちにそんなことを言う。エルフ料理を食べさせられると思ったのかもしれぬ。

シレンツィオはテティスの頭をなでた。

「うまいものしか出さない」

「はいっ」

ハエのような羽音を出して、ボーラが邪魔をした。

〝性悪エルフを手なづけてどうしようっていうんですか。シレンツィオさん〟

〝そもそも手なづけてない〟

〝おじさまとわたくしは、愛し合っているのです〟

〝はっ？　今年聞いた冗談の中では最高のものですが、笑えませんね〟

ちなみにボーラは生まれて一年も経っていない。シレンツィオは何も言わず、脂を減らしてどこまでうまいものを作れるのかと考えた。


この日の授業も、魔法が中心であった。シレンツィオは魔法の発動について考えを温めつつ、エルフの魔法語の説明を聞いていた。

面白かったのは、その成立理由である。

「普通の言葉でも魔法が成立してしまうのは日常生活に困る。だから今後は魔法を使う際は魔法語を使いなさい」

そういう説明である。魔法を使うための魔法語と思いきや、日常的に発生しうる事故を防ぐためのものであるという。想像していたことと真逆の方向性であった。

〝こっちのエルフは愚かですね〟

ボーラはそんな事を念話で伝えてきた。姿を見せて机の上に置いていたシレンツィオの腕の上に座る。

〝そうか？　船乗りのようで面白いと思ったが〟

〝そうなんですか？〟

船の上で日常的に発生しうる事故を防ぐために、日常語ではなく船乗りの言葉を使う。左舷をさげんと呼ばずにひだりげんと読むようなものである。聞き取り間違えると大事故になりかねないので、わざわざ読み方を変えている語がたくさんあった。それとおなじようなものであると、シレンツィオは理解したのである。人間もエルフも考えることは変わらんなという感想であった。

〝なるほど……いや、それでもこっちのエルフは自然破壊者で酷い奴らなんです〟

〝自然破壊か。それは羽妖精にとっての重い罪なんだな？〟

〝世界にとっての重い重い罪です〟

〝アルバでは風呂を焚き船をつくるための材木を取り尽くした。そういうのも自然破壊か〟

〝はい。森林の減少は世界環境に多数の悪影響を与えます。保水力の低下や土壌の貧弱化はもちろんマナだって……〟

〝その情報は、話しても良いことなのか？　遺伝子多様性とやらは伝えることが禁じられていたろう？〟

〝これについては特別なんです。羽妖精が独占を許される知識ではありません。今の惑星環境下においては知らないことは悪です。最悪世界が滅びます。妖精も人間も死に絶えます〟

〝それは精霊魔法とやらで割り出したのか？〟

しばしの沈黙があった。

〝……シレンツィオさんは時々鋭いですね……。はい。そうです。人間風に計算、演算と言っても構わないのですが〟

〝なるほどな。いや、分かった。俺にできることは少ないかもしれないが、人間の世界には警告を出そう。聞き入れるかは分からないが〟

シレンツィオがそう言うと、ボーラはまっすぐに見上げて微笑んだ。

〝羽妖精の言うことを真面目に聞き入れてくれるシレンツィオさんが好きです〟

〝そうか〟

横に座っていたテティスが鋭い目つきでボーラを見た。

〝黙っていれば何を授業中にしているのですか。おじさまもです。羽妖精の言うことは全部が嘘という言葉をお忘れなきよう〟

〝シレンツィオさん、エルフの耳は都合が悪くなると聞こえなくなると言いますよ？〟

二人が喧嘩しそうなので、シレンツィオは軽く手を振ってやめさせた。ボーラははーいと言った後、不思議そうな顔をする。

〝ところでなんで精霊魔法で割り出したと思ったんですか？〟

〝大層自慢にしていたからな。自慢にするくらいの成果があると考えるのが普通だろう。他の種族が知らないことをそれで知ったと類推するのはそう不自然でもあるまい〟

〝なるほど。シレンツィオさんの記憶力を馬鹿にしていました〟

〝馬鹿にしていいぞ。そちらのほうが口が軽くなるからな〟

〝馬鹿にしていなくても、口が軽いのが羽妖精ですがなにか〟

〝そうか〟

授業が終わり、シレンツィオは廊下に出た。目指すはエルフの貴族料理を知ることである。できれば実際この目で見て食べてみたい。問題はその伝手もあても、まったくないことであった。

貴族に連なる者としてテティスがいるが、どうにも、実家とは疎遠らしい。そもそも、テティスを利用するという発想もない。シレンツィオほど損をした者もないとニアアルバではいうが、その過半はこの男の好き嫌いから生まれている。人を助けるときに代価を一切受け取らないのである。例外は組織や国から報奨が出たときだったが、それもシレンツィオは全額を誰かのために使っている。

〝どこかに気のいい貴族でもいないものか〟

〝前に悪魔をやっつけたじゃないですか、あれの報酬とかどうですか〟

〝報酬はとっくに使った〟

シレンツィオはボーラを学内で連れて歩く権利の他、エルフリーデなどの体育成績の劣る生徒への教育と、彼らへの追加の食事を報酬として願い出て許可されている。

〝もう少し要求しても大丈夫だと思いますよ〟

〝そうでもない。報酬を蒸し返すやつはとにかく嫌われるものだ。やめておいたほうがいい〟

〝えー。じゃあどうするんですか〟

〝どうしたものかな〟

腕を組んで歩いていたら、ちょうど良いエルフが中庭を歩いていた。シレンツィオは窓から身を乗り出して、一回転半して三階から飛び降りると、音もなく着地している。

「校長は何をされているのだろうか」

「あら、アガタくん。ごきげんよう」

顔をあげたのはこの幼年学校の校長、エムアティである。彼女は微笑むと立ち上がり、手にした草を見せた。

「山菜を採っていたの」

「ふむ。それも山菜なのか。どんな味でどう料理をすればいい？」

「あら、お母さんの手伝いかしら、いいわね。偉い偉い」

エムアティは小さい子を相手にするかのようにシレンツィオに微笑みかけた。この頃の人間としてはそろそろ老境である三一歳のシレンツィオとしては、久しく無い扱われ方である。こういう扱いを憤慨する者もいるが、シレンツィオの場合は、違った。

なんとも面映（おもは）ゆい顔で、少し照れている。襟が激しくカンフーした。

「どうかした？」

「いや、こういうのも悪くない。そうか、エルフも山菜を食べるのか……」

「むしろ山菜ばかりを食べていたのだけれどね。私達は元々森と山の民だから」

「そうだったのか」

シレンツィオの知るエルフと言えば風魔法や水魔法で船を動かして遠距離戦ばかりを指向する連中であったから、これは少し面白かった。そういえばかつてボーラが北大陸のエルフを森を捨てた森妖精と言っていたことを思い出した。

「元は森から……」

シレンツィオがつぶやくように言うと、エムアティは口元に皺を作って微笑んだ。

「三年生からは歴史の授業があるわよ」

「それは嬉しい。山菜のこともわかるだろうか」

「それはわからないかもね。士官学校に行くと、野戦糧食の授業で詳しく教わるんだけど。でも私の知ってる範囲なら教えてあげるわ」

「ありがたい」

「お母さんにやさしくしてあげてね」

エムアティはそう言って微笑んだ。ちなみにシレンツィオの母はシレンツィオが一七のときに壮絶な戦死をとげている。助からないほどの深手を負ったとみるや爆薬を積んだ樽を抱えて敵船に乗り込んで大笑いしながら爆死したとされる。シレンツィオはその場に居合わせなかったが、話を聞いてさもありなんと苦笑するだけであった。母を尊敬はしていたが、涙はなかった。好き放題生きていたので悲しむのもどうかなと、思ったからである。

それで、校長とともに山菜を集め、説明を聞いて、大喜びで帰ってきた。この姿を見て逃げたのが山菜嫌いなガットである。それだけではなく、テティスも顔を引きつらせて逃げ出した。

「その草はダメです」

「ダメなのか」

シレンツィオは草扱いされた山菜を見た。小さな白い花を咲かせた三角形の小さな種を持つものである。アルバにも生えていて、これを財布の草(ペンペン)と呼んだ。当時の財布は紙幣がない関係で三角形だったのである。三角形だと硬貨が取り出し易(やす)かった。

〝ぺんぺん草ですね。これ〟

〝ぺんぺん草、なにがぺんぺんなのだ〟

〝秋津洲の弦楽器に使うバチの形ですね。幼児語でペンペンというんです〟

〝なるほど。秋津洲では食うのか？〟

〝ええ。春の七草に入っていて、粥(かゆ)にいれますね〟

〝なるほど〟

テティスやガットには別のものを用意することにして、シレンツィオは早速、粥を作ることにした。堅くなったパンを砕いて牛乳で煮たところに、刻んだ財布の草を入れるのである。味は塩で整えた。

味見していると、ボーラが慌てた。

〝シレンツィオさん、粥と言ってもお米で作らないと！〟

〝米とは湿地帯に生えている毒麦のことか〟

〝とんでもない名前がつけられていますけど、ええ、それだと思います。なんで毒なんです？〟

〝文字通りだ。少量なら問題ないが大量だと腹を壊す。南方へいく船乗りにはよく知られている話だ〟

アルバの後継国家は現代でもいくつかあるが、いずれも保健当局によって米については一日の摂取量が定められている。研究によれば、アルバやニアアルバの人々は米をうまく消化できないという。三食米を食べ、異国に行けば米を恋しがる本邦とは大きく異なる。

〝か、可哀想な人たちなんですね〟

ボーラの感想を聞いて、シレンツィオはそういうものかと考えた。

〝そんなにうまいならそのうち食べてみよう〟

〝食べましょう食べましょう〟

それでペンペン草のパン粥を食べてみたのだが、なんとも普通だった。僅かな辛味、以上というところである。苦味もあまりない。

「ふーむ」

「死にたくなってしまいましたか」

テティスがそんなことを言う。シレンツィオはテティスの心配そうな顔を見た後、頭を撫でた。

「俺が食べても普通としかいいようがない。むしろ癖がないな」

ええ？　という顔で驚かれる。

〝ボーラはどうだ〟

〝私達はもとから食べてましたし。まー、そうですねえ。普通ですねえ。おひたしにいいかも〟

〝ふむ〟

シレンツィオは少し考えた後、口を開いた。

「子供の頃は苦いや辛いが苦手なものだ。そういうものかもしれん」

テティスはパン粥を見た。

「そうなのですか？」

「ああ」

テティスとガットは顔を見合わせると、食べてみたいと言い出した。大人の食べ物とか言われると食べたくなるのが子供の心理である。

そして二人して顔をしかめた。

「苦くてピリピリします。口全体が熱いです」

「熱がでそう」

「そこまでか」

シレンツィオは食べさせるのをやめて慌てて別の料理を作って出した。

翌日、校長にこの話をすると、笑いながら答えを教わることになった。

「春の山菜はそうなのよ。最近の子は体ができてからでないと、時に熱が出るわね」

「大人のエルフは問題ないのだな？」

「ええ。健康になるような、そんな気分になるわ」

そこは人間と同じか。シレンツィオは腕を組んだ。自分の感覚では前日テティスが喜んで食べていたアスパラガスが大丈夫ならぺんぺん草でも大丈夫そうなものではある。なにか違いがあるんだろうか。

〝これだから北大陸のエルフはダメなんですよ〟

ボーラはそんなことを言いながら透き通った翅(はね)を広げた。つんと顎を突き出して、見下している様子。

対してシレンツィオは、静かに反論した。

〝誰しも子供のときはある。それを責められるものはいない。たとえ神々でもな〟

〝子供の話じゃなくて北大陸のエルフの話です〟

〝どういうことだ？〟

〝教えませーん。そもそも羽妖精の女王に話すことが禁止されているんです〟

ここでも禁止である。シレンツィオはしばし考えて、少し笑った。笑顔を母親の腹の中に置き忘れたと言われている彼にしては、たいそう珍しいことではあった。

「面白い。実に面白い」

〝シレンツィオさんて、本当に役に立たないことばっかりに興味がありますね？〟

〝お前は俺について回っているが、それは俺が役に立つからか？〟

〝そうじゃないですけど……〟

ボーラはそういった後、少しすねた顔をした。

〝私の場合はシレンツィオさんだけです。でもシレンツィオさんは誰にでも何にでもそうじゃないですか〟

〝そんなことはない〟

〝そんなことはあります。ばーか〟

ボーラは襟の中に引っ込んでしまった。シレンツィオはそういうものかなと考えた後、すぐに興味の向く方へ歩き出した。まるで糸の切れた凧(たこ)のごとき動きである。

前日に引き続き中庭で山菜採りをしていた校長に挨拶すると、シレンツィオはなんとはなしに同じ中庭にある池の方へ向かった。夏には蚊が発生するとのことで不人気な場所なのだが、冬は氷遊びをするものもいる。蚊対策で定期的に掃除されているようだったが、冬の間は放っておかれていたらしく、氷の下の水は緑色になっていた。

その池を前に座っている女生徒が一人いた。考え込んでいるのかじっとしている。

人間の感覚で言えば一四、一五というところ。エルフでないのが面白い。ぱっと見人間であるが、うまく隠したつもりの耳の位置がずれている。獣人であろう。種類までは分からない。

シレンツィオは、特に反応もせずに眼の前を通り過ぎている。

〝なにか面白いものはないものか〟

そう考えて虚空を見たところで、黒い外套に抵抗を感じた。引っ張られている。

「私を放っておくのはおかしいとは思いませんか」

先程まで座り込んでいた女生徒だった。シレンツィオは一切の表情変化もなく口を開いた。

「思わんな」

「人間ですよ、こんな異郷に居合わせた同種族！　どうですこれ。恋愛小説の始まりぽくないですか」

人間のふりをしているのか。そう思ったが、口にしたのは別の事だった。

「人間はもう十分見てきた」

シレンツィオの言葉は中々常軌を逸している。思わず女生徒の手が離れた。

シレンツィオは特に興味もなく歩く。校長に教わった山菜を拾い集めるのに忙しい。外套の襟が揺れた。ボーラが顔を出す。

〝シレンツィオさん、テレパスで心読みましたけど、あれ、アルバの秘密諜報員みたいですよ〟

〝そうか〟

〝興味なさそうですね〟

〝興味ないな。俺は羽妖精の機嫌を取るのと、山菜と子供の味覚と魔法の仕組みで忙しい〟

〝ふ、ふーん〟

ボーラは出てきて肩の上に乗ると、ハンカチでできたスカートをまくって太ももを見せた。

〝まあ、シレンツィオさんにしては中々の言葉だと言っておきましょうか〟

シレンツィオは少しだけ笑っている。彼からだと高い襟に阻まれて太ももなぞ見えはしないのだが、それも含めて面白い。

〝しかし、あの秘密諜報員、私とキャラ被りの匂いがしますね。ほっといていいんですか〟

〝不幸な女に声をかけるのはアルバの男としての唯一無二の神聖な義務だ。それで命を失ってもまあ仕方ない。だが彼女は不幸に見えん。俺が声を掛ける道理はない〟

無表情でそう思うシレンツィオは、どうにも格好良く見える。

揺るぎない信念というものを見た気がして、ボーラは少々恥ずかしい顔をした。シレンツィオをただの女好きと思ったのを恥じたようであった。シレンツィオは余人に感銘を与えるくらいの女好きであった。最近それに羽妖精好きや子供好きも増えた。

〝ええ、まあ、そうなんですが。あれ、私がうっかり鳥屋に捕まってたのは正解だった？〟

〝不幸でないほうがいいに決まっているだろう〟

〝でも、それがなければシレンツィオさんと親しくなってなかったろうなあと〟

〝お前の不幸せに釣り合う話ではない〟

〝それは私のほうがアルバより価値あるって思っていいんでしょうか!!〟

〝喜ぶようなことか。大抵の女がアルバより価値あると思うぞ〟

陸地（国）のことに興味を示さず、海という環境で生涯を過ごすアルバの男ならではの価値観である。これのせいで彼の国の軍隊は本領である海を除いて、どうにも強くない。国を守るという意識が希薄で、戦う意味や意志をそこに見いだせないのだった。

それでも、ボーラは喜んだ。彼女の出身地である秋津洲にあるイントラシアでは、国という言葉には格別の重さがあった。

全身で喜びを表すように、空中を飛んで踊っている。

〝えへへー。私は国より価値があるー〟

〝むしろ女より価値のある国なんてあるのか〟

〝シレンツィオさんにはそうでしょうね。それでいいんですけど〟

〝そうか〟

〝いいんです。今は喜ばせてください。シレンツィオさん、絶対私のこと大好きでしょう〟

「あのー」

シレンツィオとボーラは同時に振り向いた。人間に擬態した風の女生徒が、まだついてきていた。

「ええと、ペットと戯れているところ申し訳ないんですが。いいでしょうか。実は私、セントロアルバの密偵でピセッロと言います」

セントロアルバとはアルバ国の中央のこと、ピセッロとはエンドウ豆のことである。もっともアルバの通称では、好きな食べ物がそのまま通名になることはままあったので、おかしな名前とまでは言えない。

シレンツィオがつれないので、作戦を変えたようであった。

「そうか」

「待って、待ってください。お怒りは分かりますがなにとぞお話を、ウリナ家の命で来ております」

「別に怒ってはないが。今羽妖精の機嫌を取るのに忙しい」

「いまだかつて聞いた事がないほどの怒りの表現!!」

〝羽妖精に対して失礼ですよ〟

声をあげるピセッロにボーラがそう返したが、無視された。

「お聞きください。当主様からの伝言です」

「聞くと言わないでも言いそうだが」

「はいっ、仕事ですので」

「そうか」

ピセッロは頭を下げた。

「迎えに行くので浮気などせぬようにとのことです」

〝シレンツィオさん、変な顔をしましたね？〟

目ざとくボーラが言った。シレンツィオはボーラを目で追っている。

〝そうか？〟

〝そうか。いや、言われて見ればそうだな。不思議な感じだ〟

〝はい。意識としてはいつもの通りでしたが、表情は少し〟

〝浮気をするな、ですか？〟

〝俺としては生まれたときから知っている友人なのだが〟

〝シレンツィオさんの安心しろなみに安心できない感じですね？〟

〝流石の俺も自分の娘かもしれん女を口説くことはないぞ〟

〝娘だったら浮気するなは言うと思います〟

〝そうだったか……〟

シレンツィオは遠い目をした。

〝いや、駄目でしょ、というか、格好いい顔しても駄目です。全然駄目です。あと今は私がいます からね！〟

ボーラはぶんぶんと飛びながら言った。

ピセッロは、そんな様子をおそるおそる眺めている。

「どうした？」

「いえあの、斬り殺されたら嫌だなあと」

「誰しも斬り殺されたくはないだろうな。まあ、話は分かった」

「私が連絡役としてお側につくことになりました」

「監視はいらん。それより学費が足りんので送れと手紙を出したつもりだが」

「え、いや。まだ届いて……い、今すぐどこからか都合してきます!!　すぐ、すぐ!!」

ピセッロは駈けだして言った。

シレンツィオはしばらく黙った後、口を開いた。

「別にあの娘が悪い訳でも責任を取れとも行ったわけでもないんだが」

〝大丈夫です！　心が読める私は分かっていますよ！〟

〝口にするのは一々面倒だからな〟

〝シレンツィオさん、口を開かないでいいなら一年でも黙っていそうです〟

〝そこまでじゃないな。せいぜい半年くらいだ。港にいくとどうしても、店を尋ねたりしないといけない〟

〝やったことあるんかーい！〟

シレンツィオは僅かに微笑むと、ゆっくりと歩きだした。

（2）

翌日、シレンツィオの部屋にマクアディ・ソンフランが遊びにきている。食堂の昼食に、珍しいものがでると伝えに来たのである。エルフ年でこの時八歳。人間の年なら三二歳、元気で利発なエルフの少年である。

「ソバが出るって」

「ソバ……。蕎麦か。エルフも食べるのだな」

「出る出る。人間も食べるんだね」

「地方によってはそればかりを食べているな」

「うわぁ、どんな罰だよ」

マクアディ少年は蕎麦が好きではないようである。

蕎麦は雑穀類の中ではもっとも生産量の多い食物である。シレンツィオの影響で本邦ではもっぱら麺にして食べるが、他国では練った塊を茹でて食したり、粥にしたり、薄く生地にして焼いて食べる。蕎麦の麺が発明される前は本邦でもそうであった。今では蕎麦と言えばそのまま麺を意味する言葉になっているので、想像しづらい話ではある。

シレンツィオは、重々しく頷いた。

「罰、か。まあ確かに皮を剥くのは面倒極まりないが」

「え？」

マクアディとシレンツィオは顔を見合わせた。話が噛み合ってないことに気付いた。

「まさか簡単に皮むきができるのか？」

シレンツィオが尋ねると、マクアディは首を横に振った。

「いや、でもまあ、俺の生まれた田舎にも粉挽き屋はあるし」

「ほう。エルフの国では粉挽き屋が麦以外もやるのだな。アルバでは麦以外は法律で許されていない。それはさておき、じゃあ、何が罰なのだ」

シレンツィオが面白がって尋ねると、マクアディは首を傾げたあと、口を開いた。

「そりゃあだって、蕎麦食べると子供は熱でるし、そもそもピリピリするし」

シレンツィオは目を白黒させた。知っている蕎麦と、全然違った。

「それは俺の知る蕎麦なのか」

それ以前に、この話と同じ話を聞いたことがある。

シレンツィオは心の中で思うと、早速蕎麦を食べに行っている。

〝ぺんぺん草か〟

襟が、揺れた。

〝蕎麦！　私も食べたいです！〟

〝秋津洲では珍しいのか〟

〝いえ？　普通ですけど。私の場合は物珍しさじゃなくて故郷の味だからですねえ〟

〝なるほど〟

それで訪れた食堂は、まったくと言っていいほど人がいなかった。

〝閑古鳥（カッコウ）が鳴いていますよ。シレンツィオさん！〟

〝どういう意味だ？〟

〝寂しい様をいいますね〟

〝俺の国では時を告げる鳥なんだが〟

本邦では鳩時計（はとどけい）と半ば意図的に誤訳されているが、鳥が出てくる壁掛け式の機械式時計の鳥は、本来閑古鳥である。おそらくは訳する時に閑古鳥ではなんとも侘（わ）びしくなるので鳩にしたのではなかろうか。

〝わーい〟

〝まあ、それはいい。それでは食うか〟

でてきたものは蕎麦粥であった。それも、蕎麦だけのものである。粥というには水分が少なく、炊いてあるようにも見える。上に香草がちらしてあった。

〝財布（ペンペン）の草だな〟

〝ガラガラな理由がわかりました〟

〝それが、どうも蕎麦も同じらしくてな〟

〝北大陸のエルフは味覚が壊れているんじゃないですかね〟

人がいないのでボーラは顔を出した。並んで蕎麦粥を食べる。しばらくの沈黙のあと、一人と一妖精は顔を見合わせた。

〝まずい。俺が作ったほうがうまい〟

〝そうですか？　至って普通の味な感じがしますけど〟

〝そうなのか。香ばしくもないし、匂いが立ってない〟

〝うーん。シレンツィオさんというかシレンツィオさんの国は美食にこだわりそうですもんね〟

〝しかし、見事に人がいないな〟

〝いませんねえ〟

食事はすぐに終わった。シレンツィオとしては物足りないが、ボーラは満足だったようだ。

〝食い足りない〟

〝シレンツィオさん大きいですからねえ〟

そんな会話をしていたら、走って一人の獣人の少女がやってきた。重そうな小袋をシレンツィオに差し出す。

「お待たせしました！」

「なんのことだ」

シレンツィオの言葉は頭に落とされた鉄槌(てっつい)のごとき効果をもたらした。女はひどい衝撃を受けた顔をしている。崩れ落ちる。

「そ、そんなあ」

〝シレンツィオさん、あの人ですよ。アルバの使いっていう〟

〝ああ〟

シレンツィオは遠い目をしている。本当に忘れていたようであった。思い出すのに、しばしの時間がかかった。

「金か」

「はい、そうです！」

女は泣きそうであった。いや、泣いていた。シレンツィオはその手を取った。膝を折る。

「苦労をさせたようだ。すまん」

シレンツィオの瞳は、周囲がわずかに青みかかっていたと言われている。その目に直視されて、女は息をのんだ。

「い、いえ、苦労はしましたがそれほどでも」

「それでもだ」

この女、確かピセッロと言ったな。

シレンツィオの視線を受けて、ピセッロは慌てて目をそらしている。

「わ、私に色仕掛けは効かないっすよ！　だって」

「だって？」

「私、あんまりかわいらしくないですし」

「それは、今話していることに関係あるのか？」

ピセッロは恐る恐る視線を戻した。

「な、ないんでしょうか」

「ないな。ともあれありがとう。手間賃はいるか」

「ご安心ください。こう見えても高給取りですので！　あの、一人くらいは養えますので！」

〝シレンツィオさん、勘違いされてますよ。〇点です。〇点〟

〝今の会話のどこに誤解するところがあるんだ〟

〝シレンツィオさんは女心が分かってないのです〟

〝分かったら、さぞかし世の中は面白くあるまい〟

〝そういう意味じゃなく!!〟

〝そうか〟

シレンツィオは、わずかに愁眉を見せた。女は再度息をのんだ。

〝あーもー!!〟

ボーラがテレパスで絶叫した。シレンツィオはかすかに微笑(ほほえ)むと、女に向かって口を開いている。

「すまんが、そちらの用件とこっちの礼はあとでということで頼む」

「わ、わかりました！」

シレンツィオは去っていく。ピセッロはそれを、呆然(ぼうぜん)と見つめた。その後で、両手で顔を隠した。それでどうなったかというと、シレンツィオの顔に羽妖精がべったり張り付くことになった。抱きついているとも言う。不機嫌そうに透き通った翅(はね)をぶんぶんと振っている様は、なかなか面白い事になっていた。

〝どうしたどうした〟

〝シレンツィオさんは私のものです〟

〝誰かが誰かのものになるのは愚かなことだ〟

〝そんな話じゃない！　シレンツィオさんに一切その気がなくても恋に落ちる人がいるのが問題なんです！〟

〝恋することはいいことだと俺の国では言うんだが〟

〝女の敵ですね。その国〟

シレンツィオはそうだったかなと思ったが、怒れるボーラに聞く耳はない。

〝だいたいシレンツィオさんの声が無駄にいいのがいけないんです〟

〝そういう褒められ方をしたのは初めてだが〟

〝私が思うから私が正しいんです！〟

翅が激しく震え、シレンツィオはそれで反論する気をなくした。鱗粉(りんぷん)が顔にかかる。

〝苦い。さらに辛い〟

〝良薬は口に苦しといいますよ。私の体から出ているんですから安全性はばっちりです〟

〝良薬は苦いとは、俺の国にはない言葉だな。トンボの大島の言葉か〟

〝そうですね。ああもう！〟

ボーラは暴れたあと、真顔になった。

〝私のものって名前書いておこうかな〟

〝書いてどうする〟

〝もっと私の方を見てください〟

〝見てると思うが〟

〝心底本気で言っているのがムカつきます！〟

〝そうか〟

シレンツィオは気にした素振りもない。ボーラは頬を膨らませた。

〝シレンツィオさん私のこと大好きですよね。誰にも言わないので教えてください〟

〝真剣そうな顔だ〟

〝真剣ですから〟

〝好きなのは間違いない〟

ボーラはシレンツィオの頬に何度か頭突きしている。

〝そういうところですよシレンツィオさん！〟

〝そうか〟

〝フラッグブレイク！　フラッグブレイカーですよシレンツィオさん。私でなかったら別居してるところです！〟

〝そうか〟

〝もう少し優しい声で〟

「そうか」

ボーラは悔しそうな顔をしたあと、心底嬉（うれ）しそうな顔をすると襟の中に戻った。

シレンツィオは表情を変えずに歩いた。歩いた先は小さな友人であるマクアディ・ソンフランの部屋で、シレンツィオは蕎麦を教えてくれた礼を言いに向かっている。

〝律儀ですねえ〟

〝そうか〟

襟が、少し揺れた。

〝ところでですね。あの人間になりきったつもりの獣人の密偵についてですが〟

〝ピセッロか。それが？〟

〝それの雇い主が、シレンツィオさんを連れ戻すとか言ってましたよね〟

〝無理だろう〟

〝ええ？　そうですか？　すくなくともあの獣人は本気で言ってましたけど〟

〝元老院が出した二年という年限は覆すのが難しい。たとえ元老院の議員その人であってもな〟

〝緊急事態かもしれませんよ？　また戦争が起きたとか〟

〝それもないな〟

〝なんで言い切れるんです？〟

〝エルフという生き物は中々増えない〟

〝ああ。北大陸のエルフは自然交配してますもんね。まったく北大陸のエルフときたら……〟

長々と文句を言いそうになって、ボーラは不意に話題を思い出した。

〝じゃなくて、エルフ口が中々増えないのがなんで戦争再開の話になるんです？〟

〝人間とエルフの損害はまあ、人間二の損害でエルフが一というところだ〟

〝かなり善戦してますね？〟

〝最初の方は一〇〇対一だったな。戦いが長引くうちに人間も学んだ。それに連中は鉄が使えないからな〟

〝それって重要です？〟

〝重要だ。武器の生産量が桁外れに変わってくる。そしてエルフは人的損害を中々補充できない〟

〝あー。一人育てるのに北大陸でも六〇年はかかりますもんね〟

〝そういうことだ。損害比が四対一あたりになって、互角、今じゃこっちが優勢というわけだな〟

〝人間のほうが損害を受けているのに勝っているのが不思議な感じですね。精霊魔法的には正しい気がしますけど〟

〝事実は事実だ。エルフというかニクニッスが何をするにせよ、すぐの戦争は無理だろう〟

だからこその、シレンツィオの大艦長引退である。この時期に交代して次代を育てないと、高齢すぎるシレンツィオや、若すぎるシレンツィオの後任という布陣でエルフたちと戦うことになる。今なら実践経験豊富な若手がいるのである。これを出世させるほうがよいと判断したわけである。

これらは数十年後に起きるかもしれない次の戦いを見据えての判断であり、アルバ元老院は当時激しい突き上げを食らっていたが、言われるほど無能ではなかったことを示している。彼女たちがケチをつけられるとすれば、文字通りケチでシレンツィオに貧しい男爵領を与えたことに尽きるであろう。

シレンツィオの説明を聞いて、ボーラは腑に落ちない顔で頷いた。

〝なる、ほど〟

〝それで戦争はない。というわけだ。俺を呼び戻す大義名分はない〟

つまり自由、というわけである。シレンツィオは故国に帰る気は毛頭ないようであった。薄情というよりも、生まれてこの方日数にして一〇〇日と故国の土を踏んだことがないのだから、致し方ないといえる。

その様子を見て、襟が揺れる。ボーラは姿を見せると滞空しながらあぐらをかいて腕を組むという荒業を見せた。

〝私としてはシレンツィオさんが不当な扱いを受けていることが悔しいんですけど〟

〝そうか。いや、お前の任務的には俺が不当な扱いを受けている方がいいんじゃないか〟

〝そうなんですけど！　私の立場はおいといて、シレンツィオさんに元老院が詫びるのなら、一度アルバに戻ってもいいんじゃないですか？〟

シレンツィオはボーラと交わした約束を思い出して考えた。

〝帰りたくなったのなら、いつでも戻してやる〟

〝今の私はシレンツィオさんの襟が家なんで〟

〝そうか。だがまあ、詫びるもなにも、だろうな。一応形では栄転だ。女からすると貴族というのは価値あるものらしい。それに俺は興味ないが、政治というものは謝ってすむようなものではない。俺を追い出しておいて呼び戻すとなれば、元老院とて無事ではすまんだろう〟

〝数名首が飛びますか〟

〝最悪国のありようが変わる〟

〝そこまで？〟

〝まあ、興味がないからどうでもいい〟

〝政治は暴力である。暴力から目を離してはいけないと言いますよ？〟

〝船乗りが陸のことを気にしだしたら、その国は終わりだ、とも言うな〟

〝なるほど、まあいいんですけどね、私はシレンツィオさんが、私のことを気にしてくれればそれでいいです〟

シレンツィオはボーラだけが分かるほどに微笑んでいる。余人は誰もその表情変化に気づかなかったが。

（3）

それで、シレンツィオはマクアディ・ソンフランの部屋にいる。

マクアディは腹を空かせて釣床の上で寝そべっていたが、シレンツィオの姿を見て身を起こした。

「シレンツィオは蕎麦食べたの？」

「食べたが、俺の作る方がうまい」

そう答えたところ、マクアディはまた倒れた。

「あー。ハム食べたい」

「突然どうした」

「前にシレンツィオが焼いてたハムを思い出して腹が、もうダメだ」

〝前に銀髪エルフに襲われたときのあれですよ〟

〝あぁ〟

ボーラがテレパスを使用して出した助け舟に乗るシレンツィオ。そう言えばそういうこともあった。

「昼は食わなかったのか」

「うちは貧乏騎士の家だからさ。食堂が頼りなんだよ」

「なるほど」

見ればマクアディだけでなくて同室の子どもたちも同様であった。シレンツィオは肩を回した。

「食うか。ハム」

「うん！　あ、でも俺お金持ってない」

「この部屋はみんな俺の奢(おご)りだ」

大歓声である。

〝臨時収入があったからってシレンツィオさん……〟

〝これくらいはいいだろう〟

それでシレンツィオはハムを焼いている。串に刺して直火(じかび)でじっくり焼くのである。ついでにパンの代わりも作った。

パンの代わりとは、適当な訳語がない。アルバ語ではパーネデポヴェロという。

沸騰したカップ三杯のお湯の中に砂糖、オリーブ油、小麦粉を二杯入れて練って、さらに小麦を一杯入れて練る。伸ばして短剣で切り分けたら伸ばして具を入れる。シレンツィオは胡椒(こしょう)、乾酪(チーズ)とクマネギを入れて包むと、鍋いっぱいの湯で煮ている。

「天火(オーブン)でじっくり焼いてもうまいんだが、天火は貴族用の部屋以外ないからな」

「もうダメだ。匂いだけで腹減った」

シレンツィオは湯から上げると大皿に貧乏人(パーネデポヴェロ)のパンを積み上げ、上に塩をふりかけた。この様をかぶりつくように見るマクアディたち欠食児童。目は完全に血走っている。

「いいぞ」

言い終わる前に手を伸ばして熱いと大騒ぎするまでが一繋がりである。

「ふま、ボフッ」

〝翻訳しますと、うま、はふっですね。シレンツィオさん〟

〝そうか〟

串は鉄なので気をつけてシレンツィオはハムを選り分けている。これもまた、一瞬で消えた。食事中一切の会話はなかった。ただ、熱い熱いと言いながら食べる、湯気を口から出して食べるのである。

「うんめえ！」

食べ終わった後で、マクアディが言った。それ以外の子はどうかと言えば、空になった皿をうらめしそうに見る程度には満足のいくものであった。

〝今頃美味しいとか、随分遅い反応ですね。シレンツィオさん〟

〝いいんじゃないか。あれぐらい熱心に食べているんだ。美味かったのは間違いなかろう〟

シレンツィオ自身も食い足りなかったのかハムを食べている。

〝それはそうですね〟

「ありがとう。シレンツィオ。俺、偉くなったらこれの三倍シレンツィオに食べさせるから」

マクアディが言うと、俺も、俺もと同室の子が言った。シレンツィオは表情を変えずに、銅の鍋

を洗っている。

「気にするな。いや、そうだな。俺に礼をするつもりで一つ覚えておけ。細かいことを気にするようなやつに借りは作るな」

〝シレンツィオさんの優しさは分かりにくいですね。まあ私はそれでいいんですけど〟

〝たんなる忠告だ〟

マクアディは大いに頷いたあと、口を開いている。

「うん。ありがとう。でも俺、本気だから！」

「そうか」

大げさだなとシレンツィオは思うが、少年の一途さは、そういうものだという気もする。それで、話題を変えることにした。ハムの話で思い出したことがあったのである。

エルフの貴族料理についてより知りたいと思っていたが、今がその好機ではないか。

ハムがうまかったという顔になっているマクアディ・ソンフランが答えを知ることを思い出したからである。

「なあ、ソンフラン」

「なあに？」

マクアディは屈託というものがまったくない。人好きのする笑顔でそう返した。シレンツィオは質問を始める。

「以前、リアン国の晩餐に誘われていると言ってたよな」

「うん。それにしてもシレンツィオが焼いていたあの時のハム。食べたかったなあ」

「さっき食べたろう」

「それはそれだけど、以前の俺も食べたかったんだ」

「そういうものか、それで本題に戻るんだが」

「うん」

シレンツィオはナイフについた脂を布で拭き取っている。こうしないと、すぐに錆びてしまうのである。

「晩餐にソンフランを誘ったのは翠玉姫だよな？」

「そうだよ。それが？」

「どうだった？」

「向こうのお父さんとお母さんもいたんだよ。すごいよね」

「ほう、国王が。まあそれもそれで興味深いが、俺の知りたいことは別にある。料理だ。どうだった」

そう尋ねた瞬間、マクアディの瞳が陰った。目の前で手を振ってもにわかに反応がないほどである。尋常ではない様子だった。

「どうした」

「あんまりおいしくなかった……」

大事なことだったのか、二回うわ言のように言った。

シレンツィオは頷いてみせる。テティスの反応を思えば、予想の範疇である。

「あまりうまくないであろうことは知っている。それで、何がでてきた？　覚えているなら教えてくれないか」

「それはいいけど、何で知りたいの？」

「聞いた話では冷めた料理ばかりがでるというのでな。料理をする身としては不思議でしょうがないのだ」

「なるほど？　でも俺が知ってるのはエメラルドの家だけだよ。うちも一応貴族だけど、一応だし、食事は普通だし」

「それでいい」

〝シレンツィオさん、補足説明した方がいいと思いますよ〟

〝そうか〟

襟の中にいるボーラに言われ、シレンツィオは口を開いた。

「実は、エルフの貴族料理を嫌うやつがいてな」

「それ絶対普通だと思う」

「そうかもしれんが、そいつは貴族でな。下手をすると一生まずい料理と付き合うことになるかもしれない。俺はそれが嫌だ。できればうまくなるようにどうにかしたいと思ってな。そこでお前の記憶を頼った、というわけだ」

「なるほどー。いつもシレンツィオと一緒にいる子かな。そういうことならいくらでも。でも、本当においしくなかったよ」

「ああ。それでいい」

「うんと、まずは草がでてきた」

「草」

「うん。草だけ。色とりどりで綺麗(きれい)だったけど、苦くてもそもそして、しかも舌が痺(しび)れた」

ふむ。とシレンツィオは腕を組んで難しい顔をした。彼のこんなにまじめな顔は、戦闘中でもなかなか見ることがない。自称明るい男であるシレンツィオは、戦闘ではもっぱら酷薄そうな笑みを浮かべるのが常であった言われている。もっとも敵に対して愛想良く笑う義理もなにもないので、この文句は敵側のやっかみだったのだろう。

それはさておきシレンツィオは、続きを促した。マクアディは渋い顔のまま、言葉を続ける。

「それで、次に出たのは冷たい川魚」

「冷たい」

「うん。幸い生じゃなかったけど、冷たかった。下に氷まで敷いていて、なんだかなあと思ったよ」

「味は？」

「冷たかったよ」

「それは味の感想ではないが……他にはなにかなかったか」

「舌が痺れた。うえーとなった」

「草とおなじような感じか？」

「うん。全く同じ。それで、ずっと逃げたいと思ってたんだけど」

「王家の守りは堅かったか」

「ううん？　ただエメラルドが、悲しそうな顔をしたらイヤだなあって思って、我慢したんだ」

「そうか。いい心がけだ」

　シレンツィオがそう言うと、マクアディは不思議そうな顔をした。

「王家に取り入ろうなんてけしからんとか言わないんだ」

「翠玉姫が姫でなくても、お前は同じ事をやっただろう」

「うん」

　マクアディの頷きに、シレンツィオはにやりと笑った。彼にしては大層珍しいそれと分かるほどの笑顔だった。

「ならばそういうことだ。言わせたい奴（やつ）には言わせておけ。ソンフラン、女性には親切にするものだ」

「エメラルドは友達（ともだち）だよ」

「友達でなくてもだ。女性には親切にしろ。なぜならどんな人間も、女から生まれたのだから。尊敬せずにはいられない。エルフも同じだろう」

「そうか。そうだね」

シレンツィオとマクアディは互いに笑みを浮かべた。

シレンツィオは笑みを浮かべたまま、言葉を促す。

「それで、他にはどんなものが出たんだ。人間の料理でいくとそろそろ汁物が出てくるはずだが」

「うん。出てきた。琥珀色した澄んだやつ」

「苦くて痺れたんだな」

「うん。最高にやられた」

「実に為になる話だな。その次は？」

「蕎麦がでてきた……」

「ふむ。人間なら肉なんだが。粥だったか？」

「ううん？　平べったく焼いてあったよ。竈の内側で作る家庭のパンみたいなやつ」

かまどの内側に貼り付けて作る形式の無発酵パンは広範な地域に存在する。パスタが普及するまではシレンツィオの故郷であるニアアルバでも盛んに焼かれていた。今はフリコにその形跡が残る。

シレンツィオは身を乗り出した。

「ほう。肉は乗ってなかったのか」

「のってたけど、冷たくて」

「なるほど。その後は甘いものでもでたか」

「うん。それは普通にうまかった。けど、もういいかな……宮廷料理は」

「そうか」

「腕を組んでどうしたの？」

「どこか人間の料理に似ているのはまあいいとして」

「いいんだ」

「食うということについては、そんなに差はあるまい。エルフと人間の差など、魔法が使えるかどうかくらいだろう」

「耳の形も違うよ」

〝寿命も違いますよ〟

「それにしたって三つだ。ソンフラン、細かいことは気にするな。いい男とはこだわらない事だ」

シレンツィオの外套の襟に、半眼が浮かび上がった。

〝シレンツィオさんは思いっきり料理にこだわってませんか〟

〝自分がいい男だとは言ってない〟

テレパスが聞こえるわけもないのだが、マクアディは微笑むとそうだねと言った。

「僕も細かいことを言う奴は好きじゃないんだ。例外は母さんだけ」

「いい心がけだ」

シレンツィオはそう言うと、今度は蕎麦を探しに行っている。

〝あまりおいしくないと言っていたのに蕎麦ですか？　シレンツィオさん〟

〝ああ。昼に食べた時に気づかなかっただけで、人間が食べているものと違う種類の蕎麦かもしれない〟

〝どうなんでしょうね。私の受けた感じだと、ごくごく普通の蕎麦だった気がしますけど〟

〝俺もそう思った。とはいえ、念には念を入れて、だ〟

〝なるほど。そういえば、アルバでは余り蕎麦を作らないと言ってましたね。違っていたとして、分かるものですか？〟

〝問題ない。アルバ本国にない、というだけでニアアルバにはある〟

そもそもシレンツィオが知行地として与えられた山地も蕎麦の名産地である。もっともシレンツィオはその場所に行った形跡がない。

それはさておき、話は続く。

〝蕎麦というものは救荒作物だ。麦がつくれるならそれにこしたことはない。羽妖精はどうなんだ？〟

〝羽妖精が労働なんかするわけないじゃないですか。むしろ働いたら負けみたいな〟

〝その割には空軍とやらを作っていたな〟

〝ものすごく、仕方なしに、ですね。世界が滅びそうなのでどうしようもなく、です〟

〝世界が滅びるか〟

〝はい。北大陸のエルフは最低なんです〟

〝理由を聞いてもいいのか？〟

〝お教えしたくありません。教えればシレンツィオさんを巻き込むと思いますから〟

〝そうか。まあ分かった。俺のやってることがなにやら世界を滅ぼしそうなら教えてくれ〟

〝精霊魔法によれば、人間が世界を滅ぼす力をつけるまでは最もうまく行ったケースでも数百年はかかると思いますよ〟

〝そうか〟

悪魔の件といい、エルフの敵は多いようだ。シレンツィオはそう結論づけている。

ともあれ、とりあえずは蕎麦である。シレンツィオは休みの日に蕎麦を求めて市場に向かった。

山の中にあるこの都、名をヘキトゥーラという。ヘキトゥ山の都という意味である。

こんな不便きわまる場所に幼年学校や離宮をおくのはいかがなものかと昔から文句を言われているらしいが、まったく動く気配はない。

文句を言われる理由の一つが物価高で、食料品がとにかく高いのだった。食料を生産する場所、すなわち畑を作るのに向いた土地がなく、外から輸送してくるにしても、山の奥であるが故に輸送費が高いのだった。

つまりは大変である。

その大変さの象徴が、市場である。他の地での価格と比べると唖然呆然とする値付けが当然のように行われている。

シレンツィオは麦の価格を見た後、蕎麦は扱ってないのかと店番に尋ねている。

「秋蕎麦ならまだまだありますよ」

「いくらだ」

「これぐらいですねえ」

示された数字にシレンツィオは片眉をあげたが、結局そのまま購入している。

〝黒麦なみの値段でしたね〟

黒麦は擬態した雑草からはじまったとは、以前書いた。元が雑草というだけあって小麦より安い。七割ほどの価格である。その上で蕎麦は通常、この黒麦の半分ほどの値段である。元雑草よりも安い扱いというところに蕎麦という植物の性格が見て取れる。麦が育てられないような荒れ地でも育てやすく、育成期間も短いのである。ただし収量は少なく脱穀は大変で当時は栄養で麦に劣るとされた。現代の知識で言うと熱量が低いのである。この時代の栄養とはもっぱら熱量のことであった。本邦でも五〇年前までは同様である。

このような食物であるから地方によっては価格がつかないというか取引を断られることも多い。

ちなみにこの時代のアルバ、ニアアルバでは雑穀にすら含まれず、課税対象外である。蕎麦は救荒作物扱いであり、これにも課金するとなると大規模な住民反乱が予想されたのである。麦に対する課税代行も行う粉挽(ひ)き屋が蕎麦の扱いを拒否するのは、これが理由であった。

その蕎麦を、高い金を出して買っている。

〝なんだかひどく損をしたような気がしますね〟

ボーラの感想に、シレンツィオはかぶりをふった。

〝あんなものだろう。結局、価格のほとんどはここまで担いで持ってくる輸送費用だからな〟

なにせ馬も入れないような場所である。シレンツィオの見立てでは、等しく輸送費を上乗せすると、このような価格になってもおかしくなかった。

蕎麦を買い付けて袋を担ぐ。手に入れたのはすでに脱穀してあるものだった。麦も蕎麦も脱穀した瞬間から味が落ちていくのであまり良くはないのだが、殻付きだと重くなり、さらに価格があがるためにこのようにしたのであろう。

持ち帰り、粥にしてみる。

〝アルバ風の蕎麦粥ですか〟

〝ああ〟

まずは、鍋で乾煎(からい)りする。焦がさぬようによく揺らし、蕎麦の匂いが立って部屋いっぱいに広がるくらいになったら、一度蕎麦を鍋から下ろして、今度は牛乳を入れる。蕎麦の実の六倍の杯(カップ)を入れる。この時代、料理用の秤(はかり)がないので器に入れて何杯、という数え方で料理をする。煮立たせぬようにしながら、蕎麦と適量の塩と砂糖を入れていく。水気がなくなったら、上に乾酪、または牛酪（バター）を乗せる。アルバセリを散らすこともある。

〝飢饉（ききん）のときは牛乳ではなく水で作るが、だいたいはこんなもんだ〟

〝蕎麦に牛乳って、秋津洲（あきつしま）ではまったくみない組み合わせですねえ。でも香りは完全に蕎麦ですね。いい匂い〟

〝そうか〟

シレンツィオとボーラは並んで食べた。

〝蕎麦だな〟

〝蕎麦ですね〟

他に言いようがなく、まずくはないが、ごちそうという感じでもない。この料理はむしろ毎日食べられる飽きのこなさにこそ価値がある。一様に貧しいという背景はあれど、これこそが故郷の味、という地域もそれなりにある。

〝しかし、舌が痺れるようなことはないな。ボーラはどうだ〟

〝そういうことはないですね。この価格だったら手間を考えて黒麦のパンでいいとは思いましたが〟

〝そうだな。しかし子供たちは舌が痺れるという〟

〝子供が野菜きらいとかは良くある話ですよ。シレンツィオさん〟

〝そうなんだろうがな〟

テティスやマクアディたちに食べさせて実験してみたいが、明らかにいやそうな顔をするので実施できない。

〝ところでシレンツィオさん。蕎麦の実が大量に余ってますけど、どうするんです？〟

〝もちろん食べる〟

〝私とシレンツィオさんだけだと、消費にどれくらいかかるか分からないくらいありますよ。四五kgくらいありますよね。これ〟

四五kgとは人間の感覚ではなんとも中途半端だが、エルフの度量衡では女一人分の重さとして、一般的な大袋の重さになっている。

〝そうだな。何、蕎麦の調理法は色々ある。飽きずに食えるだろう〟

〝はーい〟

それから、蕎麦料理の日々が続く。蕎麦ばかりだと身体が持たないので、小麦も混ぜる。このあたりに、栄養＝熱量であるこの時代における蕎麦の価値の低さがある。

価値の低さと言えば、蕎麦は稲や小麦のように一斉に色づき、実が生ったりしない。同一土壌、同一日照時間であっても開花も結実もかなりばらける。このため作付面積の割に収量がいいとはいえない。荒れ地でもいいとはいえ、収量が少ないために小麦や黒麦がつくれるような場所では積極的な栽培はほとんどされなかった。

小麦と混ぜるため、シレンツィオはいつもと違って幼年学校にある食堂に付属する厨房（ちゅうぼう）に通っている。そこには石臼があった。

脱穀した蕎麦の実を石臼でひいて粉にするのである。石臼は、これでなかなか技術と熟練が必要なのだが、シレンツィオは慣れたものであった。船上でも火薬などの調合に石臼を使っていたからである。あまりに小さく、均一に綺麗な粉挽きをするものだから、後、仕事として依頼されるほどである。エルフより身体能力の高い人間のこと、さぞ活躍したであろう。

そうやって粉にした蕎麦粉に小麦粉を混ぜて、山羊（やぎ）の乳を少しずつ入れる。

〝牛乳でもいいんだが、今は在庫切れだ〟

〝今度麓に行きましょう。また牛酪作りましょうね〟

〝ああ〟

雑談しながらこねる。そしてこねる。形が整ったら、薄くのばして成形する。

〝パンですか。シレンツィオさん〟

〝いや、発酵させないで焼き上げる。いつか栗（くり）を入れたフリコを食べたろう〟

〝おー。あんな感じになるんですね〟

〝そうだ〟

銅板で厚切りベーコンと卵を焼き、フリコの上に載せて折り畳む。味付けは塩胡椒である。これに香り付けの香草を散らす。

完成である。

〝おいしそうですね。でも私はベーコン抜きでお願いします〟

〝分かっている。アスパラガスを入れてやろう〟

〝わーい〟

それで一人と一妖精で、うまーと食べていたら、ふらふらとマクアディがやってきた。目の前の席に座ってじぃとシレンツィオの食べる様子を見ている。

〝どうした〟

〝シレンツィオさん、口、口を使わなきゃ〟

「そうだった。どうした、ソンフラン」

「どうしたもこうしたもないよ。すごいおいしそうなにおい！　食堂で食べてる人たちみんなが見てるよ！」

「そんなものか」

他人のことなど一切気にしないシレンツィオである。周囲の注目には無頓着を通り越して冷淡ですらあった。

「食うか⁉」

「本当⁉」

最初からそれ狙いだった気もするが、単に腹が減っていただけかもしれぬ。思えば以前料理していたときも、ふらふらやってきていたなとシレンツィオは思い直した。

しかし。

「いやまて、駄目だ」

「ひどいよ！」

「これには蕎麦が入っているんだ」

マクアディを思っての言葉だったのだが、本人はひどいよぉぉぉと涙まで浮かべそうだったので、シレンツィオは根負けして小さなフリコを焼いている。

出自のせいか、手づかみでフリコを頰張る(ほおば)マクアディは口に入れた瞬間に目を見開いた。

「痺れたか」

「美味い！！！」

思わず大声をあげたマクアディに視線が集まった。食堂中の者がうらやましそうな顔をしている。営業妨害もいいところなのだが、マクアディはそんな事まで頭が回っていなかった。純粋純真な少年だったのである。

参ったなと思っていたら、テティスとエルフリーデが横に座った。

「おじさまは私に料理を出すべきでは」

「お腹(なか)が空きました」

それだけでなく、続々と料理を貰おうとする者が出そうな始末である。

今後のことも考えると、ここでこの厨房と事を構えたくない。

シレンツィオは一口でフリコを食うと、右手にテティス、左手にエルフリーデを抱えて走って逃げている。ちなみにガットは背中に掴まっていた。

〝この人たちも捨ててきてよかったのでは〟

ボーラが半眼でそんなことを言った。

〝逃げた後に事情を説明するのが面倒くさい〟

〝本妻がいる、でいいじゃないですか〟

〝料理の話だぞ〟

〝そんなことは分かっています〟

ボーラはあっかんべえをすると襟の中に隠れている。

「いいか、食堂では食堂のものを食うのが掟だ」

「あら、おじさまは違ったではないですか」

テティスはすました顔でそう言った。

「俺は事前に話をつけていた。そもそも今日は蕎麦を使うから駄目だと言っておいたろう」

「お腹がすきました」

エルフリーデが言った。先ほどからそれしか言っていない。シレンツィオは二人を交互に見た後、ため息をついた。

「蕎麦のフリコしかできんからな」

「はいっ」

「お腹がすきました」

シレンツィオは、今度はテティスの部屋で料理を作っている。

辛い粉は多めに挽いていたので、食堂に戻る必要はなかった。明日謝ろうとシレンツィオは考える。基本他人のことを気にしないが、こういう気遣いはできるのだった。その差がどこにあるのかはシレンツィオ自身でも説明できないのだが。

手早くフリコを焼く。もとより時間がかかる料理ではない。屋台に出てくるような格安料理である。

「できたぞ」

「おいしいのでしたら、最初から私を誘っても良かったのに」

テティスは唇を尖らせて言ったが、シレンツィオは表情を変えぬ。

「それについては今も疑ってる……マクアディ・ソンフランは確かに美味いと言っていたが……」

「わたくしには、ぴりぴりする、と?」

「可能性はある。わざわざ試すのもどうかと思ってな」

シレンツィオの言葉を聞いて、テティスは少し表情を緩めた。

「なるほど。でも、あの子がおいしそうに食べているのを見て、わたくし傷つきました」

「傷つく要素はないだろう。ほら」

テティスとエルフリーデの二人にフリコを出す。

この時代、エルフが料理を食べるために使う道具はもっぱら二本の銀の短剣である。かつては一本だけの短剣で食事をしていたが、それだと手が汚れるので二本の短剣を使うようになった。この時代をさかのぼること一〇〇年ほど前から徐々に二つの短剣の使い方や形が変化し、利き腕でない方で使う短剣は切るよりも刺す方に特化した形になりつつあった。

話を、戻す。

二人は同時に、行儀良く二つの短剣を使ってフリコを切り、刺して口の中に入れている。二人して嬉しそうになった。

「蕎麦もいいものですね。おじさまが以前作った栗の入ったものと雰囲気が違っておいしいです。こちらの方がより食事に向いているような気がします」

テティスがそう言って微笑んだ。

「優しい味です」

エルフリーデも、褒める。お腹すいた以外の言葉を喋るようになったので、相応においしかったのであろう。

二人の言葉を聞いて、難しい顔になったのはシレンツィオである。

「そうなのか」

「どうかされたんですか」

「いや、マクアディといい、美味い蕎麦と舌が痺れる蕎麦、何が違うのだろうかと」

「さあ……。調味料、でしょうか」

「それもあるかもしれん」

エルフリーデは興味深そうに話を聞いた後、食べ終わってから口を開いた。

「私も小さいときは蕎麦が嫌いでした」

「山菜も駄目だったのではないか？」

「ええ、大嫌いでした」

「小さいときは、と言うからには今は違うんだな」

シレンツィオが尋ねると、エルフリーデはつぼみがほころぶように笑っている。

「はい。小さい子とは違うんです。小さい子とは」

エルフリーデの隣に座るテティスが、薄目になった。

〝性悪エルフが増えた〟

ボーラがそんなことを呟(つぶや)いている。

〝私は性悪ではありません。羽妖精のほうでしょう。性悪は〟

シレンツィオはかぶりをふって会話を頭の中から追い出すと、口を開いた。

「具体的にはいくつくらいだ」

「四〇歳の頃からです」

見た目一三かそこらなのだが、その実、シレンツィオより九歳以上年上なのだった。

〝シレンツィオさん、北大陸のエルフは短命なんで、四〇歳だとおよそ人間の一〇歳くらいになりますね〟

〝それで短命なのか。いや、それよりも……〟

一〇歳と八歳でそんなに変わるものであろうか。いや、変わりはすると思うのだが。

「教師に聞いてみるか」

学校というものはすばらしい。請えば教えてくれる。

翌日になってシレンツィオは色々な教師を捕まえて話を聞いて回ったが、結論としては大失敗であった。

〝まさか、そんなもので済まされるとはな〟

〝いやー。そんなものだと思いますよ。この件についてはシレンツィオさんが変なだけだと思います。知的好奇心が暴走しているというかなんというか〟

〝献立に関わる〟

〝そう言われるとシレンツィオさんらしい理由に聞こえますね？〟

シレンツィオが腕を組むと、襟からボーラが顔をだした。

〝人間にはないんですか？　小さいときは食べれなかったものとか〟

〝ある。ただそれは、大人にも理解できる話でな。子供が苦いと言って苦手なものは、大人が食べても苦いは苦い〟

〝なるほど。エルフの味覚はあまり人間と変わらないはずですけどねえ〟

〝そうだな。多少の違いはあるものの、俺がうまいと思う料理は、テティスたちも美味いと言う。そこに差はないわけだ。だからこそ、変に思える〟

〝うーん。人間とエルフの違いですか。寿命、耳以外だと魔力ですかねえ〟

〝食い物に魔力が含まれている可能性は？〟

〝生き物ですからそりゃありますけど〟

〝なるほど。魔力に苦いとか辛いとか、そういう味はないのか？　エルフの国の作物には魔力が豊富に含まれているとかはどうだ〟

　ボーラはきょとんとした後、大笑いしている。

〝すみません。魔力に味があるなんて、考えたこともありませんでした〟

〝普通はそれが最初に気になるんじゃないか？〟

〝普通、魔力で問題になるのは魔力の量だと思いますよ。シレンツィオさん。魔法が使えない種族というものはものすごい発想力がありますね？〟

〝それでどうだ。味はあるのか、ないのか〟

〝ないと思います。少なくとも羽妖精はそんな知識を持っていません。エルフもそうだと思いますよ。もしあるのであれば、教師たちが教えてくれるでしょうし〟

〝そうか。……しかしそうなると、今のところ手がかりらしい手がかりがない〟

ボーラは腕組をしている。

〝うーん。マナの味かぁ。やっぱり聞いたことないですねぇ〟

〝ちなみに、マナとは魔力のことか？〟

〝だいたい同じですね。違いもあります。魔力とはマナの一形態にしか過ぎません〟

〝ふむ。エルフがマナという言葉を使っているのを見たことがない。つまりこのマナという言葉や知識は羽妖精独自のものなんだな？〟

〝いーえー。羽妖精にこの知識を教えたのはエルフなんですけどねー。どうも北の大陸のエルフは、エルフのエルフたる重要な事全部を忘れてしまっているようで。知識だけで言えば人間と大差ないかもしれません〟

〝そうなのか。ところでマナに味はあるか？〟

〝無いと思います。って、だからー、そんなことを気にする人はシレンツィオさんだけですって〟

〝子供を持つ親なら誰しも気にしそうだが〟

〝シレンツィオさんは親じゃありませんよ〟

〝そうなんだがな〟

〝だいたいですね、イヤと言われたら出さなければいいだけじゃないですか。貴族くらいのもんですよ、好き嫌いが許されないのって〟

〝そうか？　貴族こそはわがまま言いそうなものだが〟

〝そう言えばシレンツィオさん貴族でしたね。男爵になるんでしたっけ〟

〝なんの興味もないがそうらしいな。話を戻すがエルフの貴族子弟はわがままではないのか〟

〝どうでしょう。北の大陸のエルフについては私たち羽妖精は嫌悪感が先にでてしまってよく分からないですね。それと、人間の貴族の子供がわがままかどうかも分かりません。ガーディさまは違いますし〟

〝どんな国にも美人はいると言うぞ〟

〝そのうち寝台に毛虫投げ入れられますよ、シレンツィオさん〟

数日、思案の日々が続く。

魔力の件もあるのだが、それ以上に買ってしまった大量の蕎麦を消費せねばならない。さりとて蕎麦粥は飽きずに食えるといってもあまり量を消費しないし、フリコにしてもそうである。小麦と混ぜるから、量が少なくなるのだった。

〝一日の消費量は四〇〇ｇくらいですね。シレンツィオさん。この調子だと消費までにあと一〇〇日くらいかかります〟

〝新しい料理を作るか〟

〝何を作るんです？〟

〝まずはそばがき、次にパンだな〟

〝わーい。そばがきすきです〟

そばがき、蕎麦掻(が)き、そばねりとも書く。蕎麦粉を熱湯で練ったものである。世界中にこの食べ方はあって、味付けもまた様々である。

〝アルバにもそばがき、あるんですねえ〟

〝俺としては羽妖精がそばがきを知っている事が興味深い〟

〝元はエルフの食べ物だときいたことがあります〟

〝そうなのか？〟

〝北大陸のエルフではないですよ。秋津洲のエルフ様です。同じエルフでも月と太陽ほども違います。秋津洲のエルフは思慮深く賢いのです。我々羽妖精には塩対応ですが〟

〝そうか〟

〝北大陸のエルフより、ずっと古い歴史を持ちますね。四〇〇〇年といいます〟

〝アルバの古代遺跡並だな。それはさておき。そばがきだ。なんでボーラはそばがきという言葉を知っている？〟

〝さっき言ったとおりにエルフが……〟

〝いや、人間がそばがきを知っていることに驚いていたということはしらなかったんだろう〟

〝はい〟

〝単語はどうした？　俺はエルフ語でそばがきをなんと言うかはしらん、そっちもアルバ語でそばがきという言葉をしらんのではないか〟

〝あー。そういうことですか。テレパスは思考を読みとったり思考を送ったりする能力なんですが、このとき言葉の種類は関係ないんですよ。言語野が動いていればいいんです〟

〝なるほど。魔法だな〟

〝魔法ですがなにか〟

シレンツィオは頷きながらアルバ風のそばがきを作っている。熱湯の中にそば粉を入れて練り、のし棒で形を作るのである。普通は単なる丸い固まりなのだが、シレンツィオはテティスやボーラが美しい形のパスタを好んでいたことを覚えていた。

花の形に成形する。もっとも蕎麦だけだと形を作るのが困難なので、小麦も混ぜている。小麦を二割はいれないと、すぐちぎれてしまう。

〝形が不格好なのは許せ〟

シレンツィオがボーラに言うと、ボーラは恥ずかしそうに満面の笑みを浮かべた。

〝私のことを考えてくれるシレンツィオさんが好きです〟

〝そうか〟

味付けは、塩とオリーブ油。香草も散らす。本来は香草をそばがきにまぜるのだが、テティスなどが食べた際のことを考えたのである。

〝んー。油と聞いてびっくりしましたけど、これはこれでおいしいですね。ひと味足りない気もしますけど〟

〝そばがきだけを食べることもそうそうなかろうしな。まあ分かった〟

それでは作るかと、シレンツィオはボーラのために魚の出汁を入れて汁物を作っている。これにそばがきを入れて食べるのである。この魚はガットとたまに採りに行く魚の残り物というか、魚の骨をあぶった後で、湯に通した汁である。塩とオリーブ油、檸檬で味を調えていた。

今度は好評であった。

〝おいしいですね！〟

〝ニアアルバでは汁物の具にも使うが、挽き肉を包んで煮ることもある〟

〝へぇえ。人間は変わった食べ方をしますね〟

〝肉を食わない羽妖精はともかく、エルフはやらんのか？〟

〝聞いたこともないですね〟

〝そうか〟

〝この汁物だけでも一品になりそうです〟

〝そうか〟

シレンツィオの故郷であるニアアルバでは、タマネギや野菜くず、それと海産物の残りを雑に入れた汁物が広く愛されている。雑に入れてはあるのだが、アクを取りながら一日近く火に掛けるので、料理そのものは雑ではない。

高級料理になると改良されて複雑ながらも雑味のない上品な味わいになるのだが、このときシレンツィオの作ったものはそれらと比較すると、非常に質素なものであった。そもそも煮る時間が少ない。

〝うまい汁物を作らねばならんな〟

〝わーい。でもどうしたんですか、藪から棒に〟

〝さてな〟

そう返事するとボーラは顔を近づけて笑った。

〝シレンツィオさんの優しい顔が好きです〟

〝そうか。表情を母親の腹に置き忘れた男だと良く言われるんだが〟

〝私ほどのシレンツィオフリークだと違いが分かるのです〟

〝そうか〟

続いて蕎麦のパンを作る。今度は小麦粉を混ぜず、全量を蕎麦粉で作った。焼きたてはもちもちした感じで悪くはないが、冷えるとまずい気がする味だった。

〝このパンは日持ちが難しそうですねえ〟

〝そうだな。まあ休日に焼いてすぐ食べる分にはうまいだろう〟

〝平日どうするかですね〟

〝蕎麦粥とそばがきだけですごすのもおもしろくないからな〟

そこまで話をしたところでシレンツィオはボーラをみた。

〝ところで羽妖精はそばがきをどんな味付けで食べるんだ〟

〝醤油(しょうゆ)ですけど〟

〝それはどういうものだ〟

〝エルフの伝統的な調味料ですね。今では人間も作ってますよ〟

〝秋津洲の人間か〟

〝もちろんそうです〟

〝なるほど。試してみたいが〟

〝シレンツィオさんの国でいうと魚醤(ぎょしょう)みたいな味ですよ〟

〝あれに似たものがあるのか。おもしろい〟

〝んー、でも、手に入れるのは難しいんじゃないですか？　北大陸と秋津洲はそもそも行き来がありませんし、こっちのエルフは醤油の作り方も忘れてそうです〟

〝そうなのか。よし、聞いてみるか〟

この日の夕食はそばがきとそばがきのスープ、羊の焼き肉である。

癖のある羊の肉をニンニクとクマネギで誤魔化すような料理であったが、慣れるとまた食べたくなる料理であった。噛むたびに滋味が広がる味であった。

「羊なんて珍しいですね」

羊は平地の生き物なので、ここ、山都では滅多に手に入らない。手にはいるのは山羊ばかりである。ヤギは名前からして分かる通り、山地の生き物なのだった。

テティスの疑問に、シレンツィオは答えている。

「麓でそれなりにつぶしたらしい。春の放牧に耐えられないようなものを一斉処分したのだろう」

「そうなのですね。わたくし、お肉にする事情があるとは思っていませんでした」

「そうか。ところで、〝そばがき〟だが」

シレンツィオはそばがきのところだけテレパスを使用した。

「そばがきですね」

テティスはエルフ語で発音する。

「そう、そばがきだ。今日のはアルバ風なのだが、エルフはどんな味付けにしているんだ？」

「タレを刷毛で塗って食べます」

「タレ」

〝タレ〟

ガットが手をあげた。

「にゃーのところは魚醤につけて食べます」

「そこは俺のところと同じだな。海沿いではそうするところもある」

それが嬉しかったようで、ガットはしっぽを揺らしている。

シレンツィオは楽しげにそばがきを頬張るテティスを見た。

「どんなタレなんだ？」

「エルフの中でもお年寄りが好きなものです。黒くて……」

〝醤油かもしれません、シレンツィオさん〟

〝そうなのか〟

〝そう言えばそういう名前だったかもしれません〟

〝私とシレンツィオさんの秘密会話に割り込まないでください〟

「あら、先に割り込んだのはだれかしら」

「料理の種類が増えるかもしれんな」

シレンツィオはそう言って会話に割り込みなおした。

「そうなのですか？　あまりおいしいものではないと思うのですけど」

「そこはそれ、口に合わなければ改良する」

「そういうことでしたら、実家に手紙を出しておきますね。少し分けてくれると思います」

「ありがたい」

シレンツィオが頭を下げると、テティスは立ち上がってシレンツィオの頭をなでた。よしよし。

「いつもおじさまに助けられているのですもの、これくらいは」

シレンツィオは顔を上げるとボーラを呼んでいる。

〝ボーラ、醤油を使った料理は知ってるか〟

〝はーい。でもシレンツィオさんの口に合うかは分かりませんよ〟

〝それはもう聞いた。とにかく試してみたい〟

〝はいはい〟

「ところで醤油とは何でつくられているんだ？」

「大豆ですけど」

「大豆」

魚醤に似ていると言う話だったが、原材料は全然違った。

もっとも、アルバでも大豆はかなり作られている。それというのも土壌改良や地力回復のために栽培されるからである。一方で食用としては、あまり人気があるものではなかった。アルバでは多くが油になり、残った絞りかすは豚の餌になっていた。

「エルフの国ではどこも、大豆を大量に作りますね」

「そうなのか」

「はい。そうしないと作物が育たないと言います」

それ自体は程度の違いはあれどアルバでも同じである。シレンツィオは頷いたが、同時にボーラの表情が険しくなるのも片目で見ていた。

大豆とことあるごとにボーラが言うエルフはクソということに、関係があるのかもしれない。

〝そうなのですか？〟

テティスの思考が入り込んできた。

〝いーえー。それとこれとは関係ありませんよ。いえ、あるのかな〟

シレンツィオが考えると、ボーラは飛びながら肩をすくめて見せた。

〝言いにくいことなのか？〟

〝いえ。単純にですね。地力を低下させているのはエルフなのに、その原因を取り除かずに地力を回復させようとしているのがなんともおかしくて〟

〝そうなのか〟

〝はい〟

〝おじさま、羽妖精の言うことなど真に受けることなどないようになさってくださいね〟

〝そんな態度だからこの状況なんじゃない〟

シレンツィオはまたも起きた脳内の言い争いを止めると、口を開いた。

「まあわかった」

〝何が分かったんです？〟

〝テティスが知っても、そして俺が知ってもその原因とやらを取り除くのは難しいということだろう？〟

〝そうですね。でも、なんでそう思ったんですか？〟

〝言っても詮無きことだから言わないのだろうと思っただけだ。ともあれ、大豆の調味料が魚醤に似るというのはなんとも想像もつかないな〟

これぱかりは実際に味見してみないと分からないのである。口で説明しても、理解できない。

醤油を楽しみにしていた翌日。食堂に行ったところで厨房で働く料理人に声をかけられた。

「おうい、人間の」

随分と雑な呼ばれ方だが、この幼年学校に人間はシレンツィオしかいないので問題にはならない。声をかけたエルフの名をグァビアという。由緒正しい名前らしいが、本人も由来は良く知らないという。かれこれ二〇〇年以上料理人をやっているというエルフで、学校の食堂で一番偉いわけではないが、一番の古株ではあった。

シレンツィオは、顔を向けた。

「なんだろう」

「身構えないでいいぞ。食堂の騒ぎは、ありゃわしも一部始終をみていた。人間に非はない」

「それはありがたい。それで、用とは？」

「実は粉挽きをを頼みたくてな」

「小麦か？」

「いや、蕎麦だ。実は最近の若造はみんな蕎麦嫌いでな、ゆゆしき問題となっていたところだ」

「蕎麦の注文を増やそうというのか」

「今は、それ以前だからな。手をつけるものが皆無だ」

「俺の知り合いもそんなところだ。それも一人じゃない」

「ああ。特に最近はひどい」

グァビアは自分のはげ上がった頭を叩いた。

「そこでお前さんはうまいことやったみたいじゃないか。それに一部のお偉いさんが目をつけたってわけだ」

「目をつけられるような話だったのか」

「悪い意味じゃないから身構えないでくれ……要するに、年寄りの回顧だよ。昔のエルフはみんな蕎麦を食っていた。若い頃の自分と違うのが気にくわんのだ。どうした」

シレンツィオは、言われて自分の片眉が上がっていることに気づいた。

「不思議な話だ。それでは麦が採れるような畑で蕎麦を作るらせるようなものではないか。かつて飢饉があったにせよ、今、麦がとれるなら麦の方がいいに決まっている。畑あたりの収量が麦の方が何倍も優れているだろう」

「それなんだが、飢饉は関係ない。飢饉と関係なく昔はエルフみんなが、蕎麦を食べていたんだ」

「事実としても信じられない話だな……。蕎麦ではこの国のエルフを養うのは無理だろう」

グァビアは苦笑を浮かべている。

「人間の昔とは桁が違う。ずぅっと昔の話なんだよ。それがよ。どれくらい昔かと言えば人間は文明はじまってないかもしれん」

シレンツィオはエルフの文明が人間より後にできていることを知っているが、あえて口には出さなかった。そのまま言葉を促す。

「大昔、エルフはこの山とその周辺だけに住んでいたのよ」

「ほうほう」

「んで、そのころはまあ、この周辺見ればわかるだろう。見渡す限りは山だからな。当然麦なんざ無理だ。そもそも水量が足りん。結果、蕎麦ばかり食っていたというわけよ。そのうち戦争をして人間を追い出しながら領土を広げた。お、すまんかったな。いらん話までした」

「いや、それはかまわない。むしろいい話だった。しかしこう。思い出のために蕎麦を食うのか」

「バカなことだと言ってくれるなよ。そいつはうちの料理人みんなが思っているところだ」

「そうか」

「そうなんだ」

シレンツィオは表情を変えずに頷いた。

「宮仕えのつらいところだな。分かった。それで粉挽きだが」

「金はたんまりと出す。これくらいでどうだ」

エルフは伝統的に金額を口に出さない。かつてお金にまつわることを口にして魔法が発動することが多く、事故が多かったからだと言われている。このため金額を告げるときは指の形で伝えるようになっていた。

グァビアの指の形を見て、その金額にびっくりする。量にもよるがかなりの金額である。

「この金額なら、水車を借りた方が安くあがりそうだが……」

水車で石臼を回して粉を挽くのは古来どこでも行われていることである。エルフでも同じだろうとシレンツィオは思っていた。

「それが、この山じゃ水車回すのに適切な水量の川がなくてな」

それはシレンツィオにしても盲点であった。

「そうか、流量が安定していないのか。まあ、山の上のほうだから、川の水の量が少ないのもあるだろうな。分かった」

「受けてくれるとありがたい。それとは別に、この間小僧がうめえと言ってた蕎麦料理、おれたちにもふるまってくれねえか。金は出す」

今度提示されたのは、粉挽きと比べてもずっと高い金額であった。要するに料理の作り方を売ってくれと言う話なのであろう。シレンツィオは頷くと、これも快諾している。

〝いいんですかシレンツィオさん。気前よく教えても〟

ボーラがテレパスで声だけ飛ばしてくる。

〝願ったりかなったりだ。ソンフランのおかげで今後、俺にも食わせてくれという学生が増えるだろうからな。いちいち断らないでいい。それにな〟

〝はい〟

〝あの老人は個別に金額を提示して、内訳も事情もきちんと話をした。誠実な取引相手だ。その上、相手の種族を見て話をしている様子でもない。商売相手としてはまず最高の部類だろう。ここは投資する価値がある〟

商売とは一に相手を儲けさせること。二にそれがかなわないなら誠実であること。シレンツィオはアルバに古くから伝わる商売人の心得を口にしている。もちろん一の前には○があって、自分が儲かることは言うまでもない。それにしてもアルバという国の人々が商売にかける時間が膨大であることが分かる話である。一度しか取引しない相手ならば、このような格言が残るわけがない。長期の取引からくる信用取引が前提にあっての格言であろう。人の命は短いが、アルバ商人のつきあいは長いというわけだ。

〝そうなんですね？　シレンツィオさんはてっきり美人のほうがいいとか、そういうのかと思ってました〟

〝それはそれ、これはこれだ〟

〝美人についていったら駄目ですよ？〟

〝分かっている〟

ボーラは例によって自分の太股(ふともも)を見せて、シレンツィオを釣ろうとしている。シレンツィオはボーラにだけ分かるくらいに口の端をゆがめると、粉を挽くことにした。

幸い話し相手の羽妖精がいるので、退屈するということがない。脱穀した蕎麦の実を石臼を回して挽いていく。

退屈な作業を続けるうちに邪念が払われて無心になる。石と石の間で挽かれていく蕎麦の抵抗が回し棒を通じて伝わる。

一日でかなりの量を挽くことができた。こんなに早いならまた頼みたいと言われて、シレンツィオは考えておくと言った。

帰り道、襟からよれよれのボーラが姿を見せる。

〝作業してないのに疲れました〟

〝俺は一つ、考えついたぞ〟

〝何をです？〟

〝獣人やエルフの子供が嫌がるものは蕎麦の殻かもしれん〟

〝そうですか？　んー〟

ボーラは姿を見せると、顎の先に指をあてて考えた。

〝殻がまずいのは当然としても、舌が痺れますかね……?〟

〝わからん。が、まえに食堂で食べた際は風味を増すためだろうが篩にかけるとき殻を多めに残しているように見えた〟

〝それなら秋津洲でもありました。あ〟

〝どうした〟

〝そう言えば、秋津洲のエルフでは、小さい子の舌が痺れるとか、そういう話をきいたことがありませんでした。割と小さな頃から蕎麦を食べていたはずですけど〟

〝不思議な話だな。同じエルフでも違うのか。殻はどうだ〟

〝いえー。そこまで覚えては……ああでも、覚えてないと言うことは普通なのでは〟

〝そうなのか〟

〝さらにいうと、他の食品でも覚えがないですよ。舌が痺れるとか。どうもここのエルフや獣人だけが、山菜や蕎麦でやられるみたいで〟

しばらく黙った後、シレンツィオはボーラに心のなかで話しかけた。

〝本格的に調べる必要があるな〟

〝そうなんですか? おもしろいところありました?〟

〝毒の可能性がある。この山全体が鉱毒かなにかにやられている可能性だ〟

〝エルフは鉱毒にことのほか弱いというか、それ以前にこの星でもっともありふれた鉱物である鉄ですら火傷(やけど)を負うような種族ですよ……鉱山を作るなんか信じられませんが……あ、でも、天然の鉱毒が流れる可能性はありますね。なるほど。我々もそれを口にしているかもしれないと言うのなら、確かにほっとけませんね〟

〝テティスやソンフランの成長にかかわるといけない。可能性がある以上は調べるしかない〟

〝性悪エルフのことを言うだろうなと思ったのでそれ以外のことを言っていたのに。はー。分かってませんね。シレンツィオさん〟

〝何をだ〟

〝女心です〟

〝そういうのは、分からないから面白い〟

〝〇点、〇点ですよシレンツィオさん〟

(4)

シレンツィオは鉱毒の有無を確かめるために山中に入っている。

寒風吹きすさぶ雪の残る山の斜面を歩いて、鉱床の露出しているところがあるかを探すのである。汚染されるとすれば水源の近くだろうとあたりをつけて、ひとつずつ見て回るのである。

〝冷静になってみるとシレンツィオさん、エルフもバカじゃないんですから、一応鉱毒の有無くらいは確認しているんじゃないですか?〟

〝俺もそう思うが、一応だ〟

その一応のために結構な日数を使っている。

エルフの料理人、グァビアの話を聞いたせいか。シレンツィオは山のあちこちに遺跡や遺跡の痕跡を見つけた。上に柱を立てていたであろう柱石(沓石)や水路のあとと思われる溝を見つけたのである。木造だったのか、上部構造物はついぞ見つけることはできなかったが、瓦の破片を見つけることができた。

シレンツィオは表情を変えることもなく手にとって確認する。粘土に火入れして作る焼き物は不可逆性を持っているので土に還ることがない。だから数千年の時をおいても、このように残っていることがあった。

〝なるほど。今より高いところにもエルフは住んでいたのだな〟

〝そんなことより帰りましょうよ。天気が悪くなったら死にますよ〟

〝そうならんように雲の動きには気をつかってくれ〟

シレンツィオはこの遺跡がどんな役割を持っていたかを考える。森林限界より高い場所に作る建築物はどんな役割を持っていたか。

〝まあ、宗教施設だろうが〟

〝エルフは宗教を持っていませんよ？　祖先崇拝はしていますけど〟

〝北大陸のエルフはどうだ〟

〝そう言えば学校に礼拝堂がありますよね。入ったこともないですけど〟

〝つまりはっきりしないと〟

シレンツィオはなおしばらく建物跡を調べている。日当たりがよいせいか斜面の雪は融(と)けており、岩と土が露出していた。

〝人骨はない。規模も小さい。となると……ここは山小屋か、物見台か〟

〝物見台でしょうね。ここからなら麓がよく見えますから〟

シレンツィオは斜面から下界を眺めながらしばらく考えた後、踵(きびす)を返した。

〝物見が必要ということは、生活する場所の見通しは良くないんだろう。おかげでだいたい場所が読めた〟

シレンツィオは遺跡から遺跡へとたどるように、水源とおぼしきものがある場所へ歩いていく。生きるのに水が必要なのはエルフも人も同じである。寒風に体温を奪われるのも同じ。対策も似ていることになるだろう。魔法を打ち続けるとかそういうことをしないのなら、風よけと水の両方を得るために谷底に村を置くはずである。今の都は水をせき止めた人造湖の跡地に作ったとされているならば、それ以前は必ず、谷底に集落を作っていたに違いない。

そのいくつかはダムの底に沈んでいるだろうが、無事なものもあるはずだ。

シレンツィオの読みは当たって、山深い渓谷にエルフの遺跡を見つけることができた。エルフたち自身も存在を忘れているような、太古の集落である。

そこは深い谷底にあって雪に覆われておらず、それどころか、寒くさえもなかった。地面に線でも引いたかのように、雪の積もる場所と、緑に覆われた場所が分かれている。

〝シレンツィオさん。ここ、施設に掛けた魔法が生きてます。なんてことを〟

〝否定的な響きに聞こえるが、なにかあるのか〟

〝はい。魔法は魔力を使いますが、この場所は魔力をずっと使い続けているんです。大規模な環境汚染ですよ〟

〝それは羽妖精から見て問題なのだな〟

〝そうですね。羽妖精どころか世界にとって良くはないと思います〟

〝ふむ〟

シレンツィオは一歩前に踏み出す前に石を投げて、ついで革袋を投げて、最後に片腕で試したあと、歩いてエルフの魔法の中に入っている。気温は高く、春どころか夏を感じさせた。

〝死ぬようなことはなさそうだな〟

〝そうですね。攻撃的な魔法ではないようです〟

ボーラは襟から顔を出して、シレンツィオの周囲を飛んだ。

シレンツィオはしゃがみこんで土と植物の様子を見ている。冬とは思えないほど、青々とした植物である。

〝温室を作る魔法があるのか？〟

〝できなくはないですけど、それ、環境破壊しながら環境保全するような魔法ですよ〟

〝どういう意味だ〟

〝意味がないというか、まあ世界を顧みないならこんなこともやるのかもしれませんね〟

シレンツィオは立ち上がって、そうかと呟いた。

〝草の倒れた様子がない。少なくとも数ヶ月は人の手は入ってないようだな〟

〝良かったのか悪かったのか〟

〝さてな。物事というものは単純ではない〟

〝そうですね……〟

谷の奥へ向かって、しばらく歩く。シレンツィオが足を止めて植物を見た。

〝蕎麦の花が咲いているな〟

〝え、こんな時期にですか。まあでも、魔法で環境が狂わされていますからねえ。あってもおかしくはないか〟

〝実が成っているかもしれないから少し調べるぞ〟

〝はい。どうぞ。蕎麦に魔法を掛ける人もいないと思うんで、何もないとは思いますけど〟

〝鉱毒があるかもしれんからな〟

かつての畑だったのか、段々畑になっている。猫の額ほどの狭い畑を守っていた古代のエルフを思って、シレンツィオは目をすがめた。

〝手入れをすれば綺麗な風景だったろう〟

〝そうかもしれませんね。世界への被害を考えなければ〟

〝エルフの歴史的に重要そうな気もするがどうなんだろうな。忘れさられたままなのも惜しい気がする〟

〝私はエルフではないのでそこのところは分かりませんが〟

ボーラはしばらく考えた後、シレンツィオの眼の前に飛んでその目を見た。

〝世界と引き換えにするほどの価値があるとも思えません。シレンツィオさん、この遺跡は一刻も早く破壊すべきです。世界が壊れます。この谷一つの環境を変えるだけでどれだけの魔力が使われているか。ニクニッスがニアアルバで大量の火球を放っていたのより酷いと思います〟

ボーラは己の中の葛藤を瞳の中に映した後、シレンツィオに告げた。

〝シレンツィオさん。同じこの星に住むものとしてお願いがあります〟

〝俺とお前の関係性でお願いしてもいいんだぞ〟

しばらく間があった。

ボーラは目をそむけた。

〝それは嫌なんです。理性はシレンツィオさんに情に訴えかけてお願いすべきと分かっているんですが、個人としては危ないかもしれないのでお願いしたくありません〟

〝なるほど。羽妖精は妙なところで論理的すぎるところがあるな〟

〝私達はいつだって論理的ですよ。人間が気づいていないだけで〟

〝気づいていないと言えばエルフもそうみたいだが〟

〝からかって遊んでます？〟

〝まさか。だがまあ、俺としては関係性を盾に依頼してくれる方がやりやすいんだがな〟

〝今すぐ一人と一妖精で逃げましょうと言わないだけ、自分を偉いと思っているんですよ？〟

〝そうか。まあいい。それで願いとはなんだ〟

願いを聞いてやるぞという雰囲気で、シレンツィオはそう考えている。ボーラは酷く傷ついた顔をした後、シレンツィオに口づけした。

〝この遺跡にかかっている魔法を解いてください〟

〝俺にできるのか〟

〝おそらく魔法陣になっているはずです。それを壊せれば〟

〝そうか〟

〝断ってもいいと思います〟

シレンツィオは少し微笑んだ。

〝その笑みは卑怯ですよ。シレンツィオさん〟

〝そうか〟

シレンツィオは足音を立てずに歩いていく。ボーラの羽ばたく音のほうがうるさいほどである。途中で気づいてボーラはシレンツィオの肩に乗った。

〝変な特技を持ってますね、シレンツィオさん〟

〝船の上を歩くと板の音がうるさくてな。小便に行くたびに人を起こすのが嫌で訓練した〟

〝てっきり隠密かなにかだったのかと〟

〝一度抜擢されて訓練までは受けたんだが、どうにも俺は性格的に向いていないらしい。大雑把だからな。それでまあ、船乗りとしては成功したんだから、幸運の姿はとらえどころがないというやつだ〟

シレンツィオは一本の大樹を見上げた。それの根が、陸橋を破壊している。

〝なんの橋だ。これは〟

〝立体交差ですね。緑に阻まれてよくわかりませんが、おそらく左右に谷を背にした高層建築物があったんだと思います。限られた空間を最大限利用しようとして、そういうことになったんでしょう〟

〝なるほどな。道理で見覚えがあるわけだ〟

〝アルバの建築もこんな感じなんですか？〟

〝いや、船だ。容積を最大限使おうと考えると、似通っていくんだろうな〟

〝なるほど〟

シレンツィオは大樹の幹を叩いた。音が良く反響している。

〝立派だが中は腐っているな。残念だ。いい船の材料になりそうなのに〟

〝これを海に持っていければ、そうですね〟

〝違いない〟

〝海の話をするシレンツィオさんの顔が優しくて嫌です〟

〝そうか〟

シレンツィオは気にした風でもなかったが、ボーラは自分の手を見て、少しばかりため息をついた。

〝あぁ、もっといい女になりたいなぁ。シレンツィオさんの優しい顔を独占できるような〟

〝いい女か、そんなものがこの世にあってたまるか〟

シレンツィオは大樹を観察した後、言葉を続けた。

〝そいつは男にとって都合がいいだけだろうよ〟

〝シレンツィオさんに都合がいいなら、それでいいです〟

〝それなら今で十分だ〟

〝でもそれじゃあ独占できないんです〟

〝そうか〟

シレンツィオは不意に黙った。ボーラも慌てて警戒する。

〝周囲に敵対的な生命体はいないようです〟

〝そうなのか〟

〝違和感がありましたか？〟

〝違和感というか、敵意を感じた〟

〝魔法を使って探知している羽妖精より魔法的（ファンタジー）なことを言いますね。うーん。私の探知はほぼ完璧なはずなんですが。ちなみに言っておきますけどここでいうほとんどとは確率九九・九九九で以降九が一一個並びます。つまり一〇〇生に一度も例外に出会うことはないというくらいの確率ですよ〟

〝そうか〟

シレンツィオはいつも通り、他人が何を言おうが気にした様子もない。警戒を緩めず歩きだしている。ボーラもそれを咎めなかった。古代遺跡を守るためのどんな仕掛けがあるか、分かったものではないのである。

シレンツィオが流れるように呼吸を止めた。

次の瞬間、茂みから突如巨大な岩の腕が殴りかかってくる。シレンツィオは冷静に目で追いながら回避。神がかったような僅かな動きでの回避だった。もっともこれは、足元が草ばかりで地面の見通しが悪く、大きく飛ぶと転ぶ可能性があったからである。瞬時の判断であった。

〝無生物！〟

ボーラがテレパスで叫んでいる。シレンツィオはそれを聞き流しながら、しゃがみ、のけぞり、二発、三発と回避した。

姿を見せたのは身の丈五ｍほどの岩でできた兵士である。体中細かな装飾が施されていたであろうが、今は風化して見る影もない。顔も鼻が欠けて、端整な印象を損なっていた。

〝砂岩製だな。ニアアルバにもあるが、脆いのが欠点だ〟

〝脆いと言ってもシレンツィオさんの短剣よりは丈夫そうですけど〟

〝そうだな〟

シレンツィオは様子を窺うように一度の呼吸で調子を整えるとまた回避した。あえて近づいて相手の動きを制限しながら戦っている。

ボーラが詫びをテレパスで飛ばしてきた。

〝すみません、ゴーレムがいるなんて思ってもいませんでした〟

〝気にするな。自分で敵対的な〝生物は〟いないと言っていたろう。言っていることは間違ってない〟

〝シレンツィオさんは驚いてませんね。ゴーレムですよ！〟

〝魔法を使える種族にとってはどうだかわからんが、俺としては悪魔と似たりよったりだ。驚くほどではない〟

〝悪魔は人が乗ることでバランスやコントロールを人間に任せていたんです。これは完全自律型です。どれだけ高度なことをやっているのか。こんなもの秋津洲でも見かけたことがありません〟

〝そうか〟

〝こういうときは頼もしい塩対応!!〟

シレンツィオは数歩下がるとそのまま背を向けて走り出した。その理由は二つある。一つに、確認して分かっている地形は、来た方向だけだったこと。もう一つは転ばずに走れる確実な足場が、やはり来た方向だけだったということにある。

戦いというものは転んだら終わりという側面がある。現代に残るスポーツ化された格闘技も倒したらそこまで、というものが多い。これはころんだ瞬間に短剣などでとどめを刺せるからであった。そういう意味ではシレンツィオの動きは実に理にかなっている。

さらに念を入れて戦いながら相手を観察し、飛び道具がないことを確認しての動きだった。走る。追いかけられる、また走る。

〝数が増えた！〟

後ろを見張るボーラがそうテレパスで叫んでいる。シレンツィオはそうかとだけ言って、そのまま走っている。

〝悪魔より早いです。シレンツィオさん。追いつかれるまで七一秒〟

〝分かっている〟

追いつかれるその瞬間、悪魔戦と同じように急に向きを変えてやり過ごす。蕎麦畑の跡地である段々畑を駆け上がり、シレンツィオは一息ついた。ここまでずっと呼吸していなかったのだった。

〝無呼吸、なんで!?〟

〝呼吸しながら動くと本当に素早くは動けない。水泳と同じだ〟

シレンツィオはそう言って呼吸を整える。数度の呼吸でそれをやってのけるあたり、アルバの宝剣の二つ名は伊達ではなかった。

その本領は艦船を指揮した時とはいえ、個人の戦いでも目を見張るものがある。

〝シレンツィオさん、登ってきますよ〟

〝分かっている〟

シレンツィオは酷薄そうな笑顔を見せる。ボーラがこわばったが、シレンツィオは無視した。

段々畑を登るゴーレム。しかしその人間の何倍もの自重に畑の方が耐えかねて崩落する。ゴーレムは無視して登ろうとするも大量の土砂に流され、足場を失って落ちた。割れる、粉々になる。

〝まずは一つ〟

ゴーレムは一度の損害で畑で戦うのは無理と理解したようだった。代わりに安全そうな足場で待機して、こちらの方へ顔を向け続けている。

〝シレンツィオさん、ゴーレムは応援を呼んでいます〟

〝だろうな〟

次々と姿を見せるゴーレムだが、シレンツィオは怯(ひる)んだ様子もない。むしろ、面白そうに笑っている。

「だ、大丈夫ですか。シレンツィオさん」

「足場が悪ければまともに戦えないということさえ分かれば、援軍があろうとなかろうと問題にはならない」

シレンツィオは懐から縄を取り出すと、それで若木を縛ってしならせた。

「まあまあいけるな」

それで今度は段々畑を形作る石垣の石を縄に絡めて、しなった若木を使用して飛ばしている。投石機であった。

一発目は大いに外れる。

〝シレンツィオさん……〟

〝羽妖精の計算能力なら、何発目かで命中をだせるんじゃないか〟

〝はっ。そうですね！　分かります！　すごいですシレンツィオさん！　でも戦いの時に笑うのはどうかと思いますよ〟

〝そうか〟

ボーラがシレンツィオに指示《コマンド》して力の加減や方向を指示する。

二発目、三発目。四発目で命中弾が出た。

岩にぶつかってゴーレムの頭が砕ける。動かなくなる。

後は作業であった。シレンツィオは途端に無表情になって淡々とゴーレムを破壊している。

〝怒ってますか、シレンツィオさん〟

〝いや、退屈していただけだ〟

シレンツィオはそう考えたあと、粉々になったゴーレムたちを見る。全部で六体いた。

〝分からんな。なんで砂岩にした。もっと丈夫な石材を使えば良かったろうに〟

〝この谷で砂岩が取れたからじゃないですか？〟

〝この谷の石や岩は玄武岩だな。段々畑を支えていた石垣の石だ。さっき武器として使っていたろう〟

〝あー。なるほど？　確かに、なんででしょうね？　わざわざ脆い材料を運んできてゴーレムを作るなんて。うーん〟

　ボーラは動かなくなったゴーレムの元へ飛んでいって、滞空しながら観察しているようである。シレンツィオは危ないことをするなと言いかけて、苦笑して自身もついていった。他人に説教できないくらい、危ないマストに登るのがシレンツィオという人物だったからである。自分のことを棚に上げて説教できなかったようだった。

〝それにしても、本当にシレンツィオさんは強いですよね〟

〝つまらんだけだ。それで、どうなんだ〟

〝そうですね……わかったような気がします〟

〝どうだった〟

〝表面に彫られている模様で魔法が発動しているみたいです。魔法陣ですね。これを何千年も動かしていたなんて、どれだけ環境破壊すればいいのか……〟

〝細かい細工をするために砂岩を選んだというわけだな。納得した。それはそれとして魔法を使うと環境破壊されるのか〟

　少しの間があった。ボーラはシレンツィオの顔を眺めている。

〝はい。万物の生成を行うマナが魔法にばかり費やされてしまって、それ以外がリポップされなくなってしまいます〟

〝なるほど。分からんことが分かった〟

ボーラは悩んだ後、羽妖精がついぞ見せない真剣な顔になってテレパスを飛ばして来た。

〝万物の輪環が阻害されるんです。特に大気循環を司る風がリポップされないのは致命的なまでに惑星単位の気候に影響します。対流が……空気の流れがなくなるので寒冷化と熱帯化が同時に進行してしまいます〟

すでに、本来熱帯である秋津洲に、四季が出現してしまっているという。それより北では強烈な熱波で砂漠化が進行しているという。

〝なるほどな。エルフの連中が帆装艦をろくに使えないのはそういう理由か……なるほどな。仕組みは分からないが、魔法の使いすぎが良くないのは分かった〟

〝船乗り的にはそうですね〟

それでシレンツィオは羽妖精の透き通った翅を見た。

〝それで残りの時間はどれくらいなんだ。世界が危ないとか言っていた時間だ〟

〝五年は持ちます。五〇年は持ちません。三〇年持つかはエルフたちの行い次第です。大規模な紛争や戦争を何年もする場合、その時間はずっと短くなるでしょう〟

〝それで北大陸のエルフを滅ぼすと。魔法を使えない俺を使って、そういうことか〟

〝私はシレンツィオさんを戦争に連れて行きたくありません〟

〝私は、そうだろうな。組織はそうではないんだろう〟

〝はい……〟

ボーラは力なくそういった後、上目遣いになった。

〝あの、協力してもらって事情を話さないのも信義にもとるので喋りましたが、シレンツィオさんに参加しろと言っているわけではないので……〟

〝分かった〟

シレンツィオは顔をあげて立ち上がった。別のことを言う。

〝まあ、今の生活がせいぜい長く続くように、とりあえずここの遺跡を壊すことにするか〟

〝はい!〟

羽妖精的に、あるいはその後の歴史を見るに、ボーラの行動は歴史を変えたのではないかと古来言われている。ボーラが泣いて味方してくださいと言えば、シレンツィオはシンクロの変後、大将軍を欠いた大軍師の右腕として活躍していたのではないかという話である。確かにそうなる可能性もあったであろう。

とはいえ、そうはならなかったのだ。

ボーラは世界よりシレンツィオを選んでおり、シレンツィオもまた、世界の余命を少しばかり伸ばすだけでよしとしてしまった。

シレンツィオは遺跡の中を歩いている。遺跡と言っても一つの施設ではなく、谷に点在する建築物群をまとめて遺跡と呼んでいる。エルフの手が入らなくなって久しいらしく、人影はまったくなかった。

〝使いもしないこんな場所に大規模な魔法を使うなんて〟

ボーラはそう言って怒っているが、シレンツィオは別の考えを持っていた。

〝意味もなくここを捨て置くことはしないだろう〟

そう考えると、ボーラの動きが止まった。首を動かしてシレンツィオの顔を見る。

〝どうしてそう思えるんです？〟

〝簡単な話だ。ここは冬でもヘキトゥーラより過ごしやすい。なのにそれを利用しないのは変だろう〟

〝この場所を忘れちゃったとか〟

〝言い方を変えよう。忘れる前の世代が何故（なぜ）か次世代に残さないようにした、というわけだな〟

〝それは……そうですね。より広い場所へ集団移住したといっても王家の別荘なりで使い道はあるか……〟

ボーラは腕を組みながら空中を飛んでいる。

〝そう考えると意味が変わってきますね。なるほど。シレンツィオさんがああも警戒していた理由が分かるような気がします〟

〝いや警戒は普段からそうなんだが〟

〝どういう生き方しているんですか〟

〝知ってのとおりだ〟

ボーラはしばらく考えた後、シレンツィオの頬に抱きついている。頬ずりした。

〝狼みたいな人生を送ってきたんですね……でも大丈夫です。羽妖精と関わったからにはギャグ落ち確定感度三〇〇〇倍ですよ〟

その結果の遺跡探索とゴーレムとの戦闘なのだが、シレンツィオは特に文句を言わず、そうかと言っただけである。

〝どうやってシレンツィオさんを癒そうかなあ。女磨きも頑張りたいし、ああ、やることが多いです〟

〝とりあえずここを片付けて蕎麦の問題を考えたいもんだな〟

〝そうですねえ〟

谷というものは上流から流れてきた水が大地を削り取ってできるものである。流れてくる水、すなわち川がより上流で向きを変えると谷だけが残されることになる。この谷はそのようにしてできたもののようであった。この山にはそのような谷がいくつもある。

見て回るだけでいくつか遺跡がありそうだなとは、シレンツィオの見立てである。山を降りて人間と戦うという決断をするまでに、人口が増えていって一時的な収容先が増えたのは間違いない。

〝この谷の気温を維持する魔法陣がどこかにあると思うんですが、シレンツィオさんはどう推理します？〟

〝おそらくその魔法陣は砂岩で描かれているんだろう。細かい細工ができる岩という意味でだ。壊されたくもないだろうから、屋根付きの場所で厳重に守られているはずだ。場所は……〟

シレンツィオは周囲を見た。

〝谷の中心部、または谷の上手、一番奥だろうな〟

〝なんでそう思ったんです？〟

〝この魔法が球型なら谷の中心部だろうし、熱風なりを吹き出すやつなのであれば、一番高いところに置くのが普通だろう〟

〝なるほど。精霊魔法的に正しい見解だと思います。シレンツィオさんの魔法勉強も役に立つものですねえ。馬鹿にしてすみません〟

〝気にするな〟

〝お詫びにお嫁さんになります。それとも裸でも鑑賞します？〟

〝羽妖精の食い物について教えてくれ〟

〝はーい〟

ボーラは自分の胸元に巻かれたハンカチを引っ張っている。

〝大きい方がいいのかな〟

〝行くぞ〟

それでたどり着いた場所は谷の中心部、草や木々が伸び放題になっている場所であった。木の柱で立てられていた殿堂はとうの昔に倒壊しており、瓦が散乱するような状況であった。

〝ここのはずなんだがな〟

〝そうですね。ここだと思います〟

〝この調子では魔法陣があったとしても壊れていると思うんだが〟

〝そうですねえ。うーん〟

ボーラが草などを引っ張っているのを見て、シレンツィオは短剣を取り出した。ほとんど鉈のような形状の短剣である。船上では綱を切るのに用いる。手斧に分類されることもある品物である。

これで、草を刈っていく。倒れている柱を蹴っ飛ばし、どうにか床を露出させた。

〝魔法陣だ。見つけた〟

〝あれ、こちらは砂岩じゃなくて魔法陣を筆で書いているみたいですね〟

石を彫って描いた模様よりも床に筆で書いたほうが長持ちしているというのも皮肉な話ではある。

まじまじと魔法陣を見てシレンツィオは考えだした。

〝魔法の発動はなぜ模様でもできるんだろうな〟

〝世界中の魔法学者を悩ませる問題ですよ。それ〟

〝そうなのか〟

〝はい。その答えを知る存在は、この世にいないはずです〟

〝それも探知魔法か？〟

〝いえ、精霊魔法です〞

〝そうか〞

シレンツィオは模様を見る。床に描かれたこの模様が魔法効果を発生させる、というのは不思議でしかない。

〝魔法は言葉……というかあれで発動するはずなんだがな〞

〝あれ、ですか?〞

〝意思だろう? 発動しない言葉には意思が入っていない。エルフが金について語ると魔法が発動してしまうのも、わざわざ魔法語なるものを作るのも、それが原因だろう〞

〝はい。正解です。シレンツィオさん。でも……〞

〝俺が魔法を使えないのはどうでもいいんだが、その理屈だとこの模様にも意思があることになってしまうな〞

〝そうなんですよね。そこのところが解決できないで何千年も困っています。魔法を使える種族が読み取ることで発動するとも言われていたんですけどねえ。結果は今のとおりです。この場所は無人で動いています。模様がただそこにあるだけで魔法が発動しているんです。こんなものを量産された日には一〇年かからずに惑星全滅ですよ〞

〝なるほどな。まあ、分かった〞

シレンツィオは短剣で床に傷をつけて魔法陣の模様を壊している。

〝これで良いか？〟

〝はい。大丈夫です〟

突然ひんやりとしはじめて、シレンツィオは肩をすくめた。

〝ほどなくここも雪に埋もれるだろう〟

〝少しは世界の寿命を伸ばしましたよ、シレンツィオさん〟

〝それはよかった〟

シレンツィオはそう言った後、別のことを思った。

〝完全に冷え切る前に昼飯でも食べよう〟


それで、食事をすることになった。冷えていく遺跡での、大急ぎの食事である。

シレンツィオは松の葉と松の実を取ってきている。それと蕎麦の実である。段々畑のあった場所に、野生化した蕎麦があるのを見つけたのだった。開花時期や結実時期がばらけている蕎麦だからこその採集であったといえるだろう。これが麦ならよほどの幸運に恵まれないと実を採ることはできなかったはずである。

シレンツィオは革で作った水袋に松の葉を入れた。

〝松の葉なんて何に使うんです？〟

〝革袋で水が不味くなるだろう〟

〝風味が移りますもんね〟

〝あれを松の葉でごまかす〟

松の葉を入れた革袋を良く振りながら、シレンツィオはそんなことを言う。

〝なるほど。それでしたら秋津洲でやってるみたいに竹や瓢箪で水筒を作りましょうよ〟

〝竹はともかく瓢箪とは南方の植物だよな。たしか。そう言えばドワーフには銅で水筒をつくれとか言われたことがあった。試してみたら金属臭がしてダメだったが〟

〝竹は大丈夫ですよ！　ビバ竹〟

〝そうか。見かけることがあったら使ってみたいものだ〟

古来水の持ち運びほど軍や旅人を悩ますものもない。設置型に限れば陶器という最高のものがあるのでそれで片がつくのだが、こと輸送という話になると壊れやすいために問題が多かった。次点は木の樽なのだが、個人で持ち運ぶのに困る重量を持っていた。

水を溜める二つの方法が使えない中、この問題については色々な地域で色々な方法が試されてきた。革袋はそういう意味では古来からの伝統的な水の輸送法であったが、当然というか、問題があった。

長く革袋に入れておくと革の風味が移るのである。ここでいう長くとは、半日とかそういう話であった。当時は二日もすると水が腐り、とても飲めたものではなくなっていた。現代基準で言えば口をつける入れ物から細菌が入って増殖するので分ければいいのだが、当時はここに行き着いていない。革袋の洗浄も不十分であり、口をつけるのも中々勇気のいるものになっている。

その行き着いていない頃の水の問題の解決法の一つが、松の葉であった。なんのことはない。別の風味でごまかす、である。現代的な観点によると革の味に松の味が混じってとても良いとは思えないのだが、多少は飲める味になるのだった。昔の苦労が偲ばれる。

シレンツィオは松の葉を入れた水を口に含んだ後、苦い顔をした。松の葉を入れた水は長持ちするとは、アルバでは知られた事実であったが、それと美味には相応の距離がある。

〝水場を探すか〟

シレンツィオの言葉に、ボーラが反応した。

〝木や草の繁殖を見る限り水場はあると思いますけど、安全かどうかは分かりませんよ?〟

〝そうだな〟

シレンツィオはため息一つとともに、あきらめた。うまい水は戻ってからの楽しみとした。

続いてシレンツィオが取り掛かったのは焚き火である。乾いた枝を探してきてそれで火を作るのである。乾いていない枝を使うと大量の煙があがるほか爆ぜることもあり、ひどい目に遭う。もっとも大量の煙は虫除けになるので、場合によって使い分けた。

シレンツィオは短剣で枝にいくつもの切れ込みを入れると火に焚べる。火付けは圧縮熱を利用した圧縮着火機という道具を用いる。勢いよく筒の中の空気を圧縮すると、それで熱が発生して綿に火をつける、というものであった。この着火方式は火打ち石式と比べて効率が悪いのだがエルフの国々では一般的であった。これは火打ち石を打ち付ける相手が鉄片であることによる。

鍋の代わりに樹皮を編む。水を入れている間、これが燃えることはない。これで蕎麦を茹でるのである。

〝良いものがあった〟

持ってきたのは松の実である。これを砕いて蕎麦粥に入れる。味付けはオリーブ油、干した小魚であった。

涼しいを通り越して寒くなった谷底で、蕎麦粥を食べるのである。

〝水が微妙な割にはいいですね。松の実と松の葉でなんだか健康になるような味ですね……どうしました？〟

シレンツィオは顔をしかめている。

〝舌が痛い。そして苦い〟

〝性悪エルフみたいなことを言いますね〟

〝そうなのか。ではこれは毒か〟

〝どうなんでしょう。私は何も感じませんけど。私のほうが体がずっと小さなせいで毒耐性は低いような気がしますけど〟

シレンツィオは考えた後、蕎麦や松の実や松の葉を集めてまわっている。毒が入っているのかどうか、調べるつもりだった。

（5）

シレンツィオという人物は、別段秘密主義というわけでもないのだが、いちいち他人に説明することはない。さらに言い添えれば誰かのために動いていたとしても、その事を本人に伝えたりもしない。他人に感謝しろとか言わずにはいられない人種とは違うのである。

それ自体は良くも悪くもないのだが、誤解を受けやすいのも確かである。

このころのシレンツィオの動きを誤解した団体、個人はあげればきりがないが、その中で代表を二つあげるのであれば、組織としてはルース王国と、アルバ国である。

アルバ国はシレンツィオがルース王国に亡命すると誤解した。係争地の男爵領など誰がいるかなどと、そういう風に考えたのだと断定した。

一方ルース王国はシレンツィオがアルバ国からの密命を帯びた使者であると考えた。アルバ国と激戦を重ねるニクニッス国との間を取り持って欲しいのであろう、そういう風に思ったのである。

そしてそういう結論ありきで見れば、たしかに怪しいところはたくさんあった。シレンツィオの親切は、それぞれ亡命だの外交のための点数稼ぎだのに見えたのである。

反動は、急であった。

アルバ国で最大の権勢を誇るウリナ家はシレンツィオを帰国させようとし、他の家は、暗殺者を送った。

ルース王国はシレンツィオ、というよりもアルバ国の真意を問いただそうとしていた。

以上がシレンツィオが蕎麦(そば)について研究するうちに起きた状況である。シレンツィオ自身はそれらについてまったく関知していない。もっとも、関知していたとしても、大して気にもしていなかったろう。その方面にはそもそも興味がないのだった。シレンツィオを動かすのなら不幸な女を置いておけば良かったのだが、各国はその事実に気づいていない。


まずシレンツィオに接触を図ってきたのは、ピセッロだった。今日も幼年学校の制服姿である。

「シレンツィオさま、帰国の準備ができましたよ?」

シレンツィオはなんのことだと思ったが、口にすると騒ぎになりそうなので黙った。

ピセッロは手を大きく振って自慢げである。

「ウリナ様は元老院を解体してでもシレンツィオさまを本国に戻すつもりです」

「俺は貿易の自由と国を守るために戦った。その俺が国の制度を壊してどうする。と伝えてくれ」

シレンツィオは言葉に少しだけの優しさを込めた。ピセッロは息を呑(の)んだ後、耳を隠す帽子を激しく揺らしている。中の耳が暴れているのである。

「こ、心からの英雄なんですね……」

「いや、そんな大層なものではない」

謙遜ではない。シレンツィオの場合、心からそう思って言っている。だからこそ性質が悪いとも言えるし、人の心を動かすとも言える。

〝蕎麦に夢中ですと付け加えてください！　あと毒かもしれないものを調べているって〟

襟が激しくカンフーした。

〝なぜ全部を言う必要がある〟

〝シレンツィオさんは無駄に色気出さないでいいからです！〟

〝そうか〟

もちろんボーラの言葉は聞き流された。シレンツィオの場合、色気というより面倒くさいので説明を惜しむ傾向があった。

数日すると今度はきらびやかな衣装を来たルース王国の貴族がやってきたが、こちらはそもそもシレンツィオと面会することすらできなかった。貴族は男だったのである。

〝シレンツィオさん、男性女性で扱いの差が酷くないですか。塩対応超えて梅干し対応ですよ〟

〝意味はよく分からんがそんなことはない。マクアディを見ろ〟

〝ヤバみが増してますよ。シレンツィオさん〟

〝そうか〟

ともあれルース王国は混乱した。会議は何度も行われ、密使ではないのかなどと答えに近いところまで一瞬行きかけたが、ここで常識が邪魔をした。そんなわけがないと結論づけてさらなる誤解を始めたのである。その誤解とはルース王国以外のどこかと接触を図っているのではないかというものであった。そして調べてみれば確かに獣人の密偵らしきものと何度も接触しているのである。

国家というものはこういうとき、悪夢を見るものである。

ルース王国は自分の庭で複数の国が好き勝手にやっていると思い始めた。

一方シレンツィオは、どこ吹く風という風情である。彼は彼で忙しいのだった。遺跡も壊して回らないといけないし、うまいものも食べたい。面白そうなことは山ほどある。

その一つが、走って来た。

「おじさま、黒いタレがきました」

夜明け前、テティスがシレンツィオの寝床に突撃しながら、そんなことを言っている。

貴族の子女としては、はしたないことこの上ないのだがテティスの場合、これをたしなめる教育係も側近もいなかった。

なお、侍女であるガットも一緒に寝床に突撃している。

シレンツィオはどうしていたかというと、釣床にて腹の上にボーラを乗せて寝ていたのだが、テティスの足音を聴きつけるとあわてて部屋に仕掛けた無数の罠を解除しに走っている。賢明な判断であろう。

このためテティスたちは寝ているシレンツィオの腹の上に飛び込むつもりが、若干あわてたシレンツィオと対面する羽目になった。

「どうしたのです？　そんなところに立って」

「まあ、色々だ。それで醤油が届いたのか」

「はい。樽一つ届きました」

「少しの量で良かったんだがな」

「はい。少しの量ですけど……」

貴族と平民の感覚の違い、というものかもしれない。

〝なんてことするんですか！　床に落ちたじゃないですか！！　もう少しでど根性妖精ですよ！〟

すごい勢いで飛んできたボーラが怒った。

「あら、お寝坊さんなんですね？　あなたは二四時間警戒しておくべきですよ」

〝何を取り繕っているんですか、シレンツィオさんの上で飛び跳ねようとしてたくせに！〟

「おじさま、うそつきの羽妖精のいうことなど信用しないでください」

〝うそつきは性悪エルフでーす〟

シレンツィオはテティスを抱き上げると、釣床の上に乗せた。

「それはさておき、朝はまだ早いが食事にするか。醤油というのを試してみたいが、もうテティスの部屋にあるのか」

「はい」

それで四人で移動した。ボーラはまだ怒っていた。

シレンツィオは機械式時計を見て、時刻を確認した。いつもよりは二時間は早い。ちなみにこの機械式時計はシレンツィオの私物である。映画などでは懐中時計になっているが、実物は一抱えもある据え置き式の立派なものであった。鞄ひとつでやってきたにしては大きすぎることから、後に送ってもらったのだろうと言われている。

醤油の樽を開けてみる。明かりを近づけて見た感じ、黒というよりは紫色である。実際秋津洲では、紫と呼ぶこともあるらしい。少しばかりを手の甲に落として味見をすると、力強い香りが立ち上った。

「ふうむ」

「あんまりおいしくないですよね……」

テティスが心配そうに言う。シレンツィオはしばらく考えた後、重々しく口を開いた。

「今うなったのは、魚醤とかなり違っていたからだ。他意はない」

ボーラが寄ってきた。

〝え、似てません？　色とか〟

〝魚醤と比べると、醤油はうまみが足りないな〟

ところで旨味という言葉があるのはアルバ、ニアアルバと秋津洲だけであるという。本邦でもアルバ料理が人気であるのは、そういう共通点があるせいかもしれない。

〝そばがきに使ってみようかと思っていたが、うまみが足りない。どうしたものか〟

ボーラは不思議そうに小首を傾げた後、小さく手を叩いた。

〝あー。秋津洲では出汁と一緒に使いますね。確かに〟

〝出汁とはなんだ〟

〝汁物の一種なんですが、単独では使わないで料理に入れて使うものですね。かといって調味料でもないものです。主に旨味を加えるために使います〟

シレンツィオは太い腕を組んで考えた後、重々しく口を開いた。

「なるほど、醤油は魚醤の代用品として作られたのだな」

〝えー。どうしてそんなこと思ったんです？〟

「醤油を使うための手順が多すぎる。料理とは、手抜きできるなら時代とともにどんどん手抜きする性質があるものだ。それをあえてこの手間暇というのなら、おそらくは何かお手本があって、それを再現するために仕方なく手間暇をかけている、と考えた方がつじつまがあう」

〝なる、ほど？〟

「おそらくエルフは海から来て、山に移り住んだという歴史があるのだろうな。しかし魚醤は捨てきれず、こういう代用品を作ったのだろう」

〝随分と大胆な仮説ですけど、どうなんでしょうね？　エルフの別名は森妖精ですよ。シレンツィオさん〟

〝料理は嘘をつかんものだ。そのうち調べてみよう〟

〝調べ物が大好きですね。シレンツィオさん。まあ、さしあたってはどんな料理を作るかですねえ〟

シレンツィオは出汁、というものの知識がない。さしあたっては単なる調味料として使おうという事で、不足する旨味はそれが凝縮されている肉と組み合わせることとした。

〝問題は塩漬肉にせよベーコンにせよ、すでにしょっぱいことだな。このうえ醤油で塩味が加わってもあまりうまくはない〟

料理とは塩を使いながら塩を隠すことであると古来アルバでは言う。同地では塩気が前面にくると美味いものとはみなされない。

〝魚の汁物があったじゃないですか。あれなんてどうですか〟

〝悪くない考えだが、手持ちに魚がない〟

〝今度まとめてとってきてもいいかもしれませんね〟

〝山を越えた北の方に海があるとも言ってたからな。旨味と言えばキノコでもいいのだが季節が違う。さて……〟

シレンツィオはしばらく考えた後、腸詰を取り出している。

腸詰とは、その名の通り腸の中に肉や血をいれて固めたものをいう。通常は高温で熱して殺菌して、保存食とする。もっとも、熱では分解しない毒素を持つ微生物もいて、これにあたると、死んだ。アルバ語でこの菌をボツリヌスと呼ぶが、その意味が腸詰であるのは象徴的というべきであろう。なかなかひどい死に方をすることから古くから恐れられていたが、さりとて無毒化方法も見つからず、見分けることもできず、食料を保存する必要もあったことから、腸詰そのものがなくなることもなかった。調理室や食品工場の滅菌について広く留意されるまではこの後三〇〇年ほどもかかる。

とりあえず、腸詰めの味見をする。しばらく舌の上において舌が痺れなければ、良いとされる。ちなみに現代ではこの方法は全否定されているので試してはいけない。

「大丈夫そうだ」

そう言って、薄切りにしていく。大人の腕ほどもある大きな腸詰である。作る時に火が通りにくい分燃料費がかかり、あまり人気はないのだが、作る手間は格段に少ないので、何らかの理由で腸詰に人手をまわせない村ではたまにこういう大きなものが作られる。

それを炒め、脂が溶けて浮いてきたところで醤油を垂らす。上がる湯気と匂いが、食欲をそそる。シレンツィオは鍋に残った脂と醤油に山菜を混ぜてさらに炒めた。添え物としてだすのはそばがきである。こちらはオリーブ油と塩で食べる。

「食ってみるか」

〝秋津洲では野菜に醤油をかけただけでごちそうですよ〟

〝そうか〟

並んで食す。シレンツィオとボーラは目を合わせた。

「いけるな」

〝いけますね〟

「テティス、ガット、食べてみるか」

「おじさまがいけるというのであれば」

「にゃーもです」

四人並んで食べる。ガットとテティスは食べながら親指を上にあげて、その味をたたえた。

「おじさま、この料理、実家で食べた時よりずっとおいしいです」

「それはどうなんだ。この程度は料理といえるかも怪しいのだが」

簡単だから貴族の家には出てこないかもしれないが、これより手の込んだ美味いものがあるだろう、という推定である。

シレンツィオの言葉を否定するようにテティスが困った顔をした。

「おじさま、貴族料理が冷めていることをお忘れなく」

「そう言えばそうだった」

シレンツィオはそう言った後で難しい顔をしている。

「なんとも不思議なものだ。エルフの貴族料理というものは」

〝そんなの疑問に思うのは世界広しといえど、シレンツィオさんだけですよ〟

〝だからどうした。他人に興味はない〟

〝ですよねぇ〟

ボーラとのやりとりの後で、考えていたテティスが口を開く。

「わたくし、祖先は森で生活していたと聞きました。そのころからの影響かもしれません。火を使うことに制限があったのかも」

しかしシレンツィオの表情は晴れない。いつもと同じ顔、といえばそうなのだが。

「森に住む者が他の地域より山火事を嫌うのは確かなんだが、それは可燃物に囲まれているからでもある。必要以上に遠ざけたりはしないだろう。そもそも腹を壊す可能性がある以上は加熱がどうしてもいるんだ」

「そうなのですね」

「実際、冷めてはいるが加熱した料理が出てきていたのではないか」

「はい。それはもう……あ」

「どうした」

テティスは手をばたつかせた。余り貴族らしくはないのだが、しかるものはおらず、シレンツィオに至っては表情を少しだけゆるめている。

「おじさま、それで思いだしたのですが、一つだけ温めたものがありました」

「ほう。それは?」

「お粥(かゆ)です」

「蕎麦粥か」

「蕎麦に限ったものではありませんでしたが、ええ。でも蕎麦もたしかにありました。細かく砕いて、こう」

シレンツィオは面白そう。

「ひきわり粥か。手間はかかるが、小さい子にはいいかもしれん。それに山羊乳(やぎにゅう)が入る以上、粥が冷えると厳しい」

「いえ、入ってませんでした」

「牛乳だったか」

「いいえ。実家の粥は乳が入っていません。水だけです」

〝シレンツィオさん。同じです〟

〝同じというと秋津洲だな。ふむ〟

シレンツィオは考えたが、答えはでなかった。

「食い物一つとっても分からないことがたくさんあるな。結構な話だ。退屈しないでいい」

〝そんなこと言うのはシレンツィオさんだけですってば〟

食事の後、シレンツィオは紙に備忘録を残している。
・なぜ、冷めた料理をエルフ貴族は食べるのか。

・なぜひきわり粥は例外なのか。
・エルフは海から来たのか。
・子供の舌が痺れるとはなにか。
・俺の蕎麦だけはみんな食えるのは何故か。

古来この備忘録はシレンツィオの稚気というか、子供のような心の表れとして評価されることが多かった。実際エルフの子供の素朴な疑問と言われてもあまり疑問には思われないだろう。

しかし、これらの疑問を解消するためにシレンツィオがやったことが、その後の歴史にもたらした影響は大きい。なるほどシレンツィオの出発点は子供の疑問と余り変わらなかったかもしれないが、やることなすこと、シレンツィオという男は他と違わないようで違っていたのである。


翌日になるとシレンツィオは食堂に併設する厨房にて、蕎麦粉を使ったフリコの作り方を伝授している。

他方で料理人たちから、雑談という形で醤油やら粥やらについて情報を集めている。料理人ならば、また別のことも知っていようという考えであった。

「ところで醤油という調味料を手に入れてな」

「あー。黒いタレか」

「そう。あれだ」

シレンツィオがそう言うと、グァビアは禿上がった頭を叩いて、随分な苦笑を浮かべた。

「俺も昔貴族の屋敷に雇われていた時使っていたんだが、一〇年も使っているうちにすっかり嫌いになってしまったよ」

「そうなのか」

「ああ。貴族様はなんでも黒いタレを使いたがる」

「その言い方だと、民衆は使わないのか」

「聞いたことがない」

グァビアは周囲の料理人たちにも目配せしている。料理人たちも頷いていた。

「そうだったのか」

「珍しいもんだとか言われて売りつけられたか。災難だったな。あれも大昔には人気だったんだが」

「そうなのか」

「といっても、この国が建国される前くらいだ。何千年も前だな」

「そのころには民衆も醤油を使っていたのか」

「多分な。さすがの俺もそのころは生きてない」

何が面白かったのか、グァビアは笑っている。

「とにかく、貴族様は大昔の歴史と伝統とやらを愚直に守っているというわけだ。ご苦労なこった」

歴史と伝統とやらを守る重要性はあるにせよ、それだけで貴族が料理を守るのは弱い気がする。

シレンツィオはそう思いながら、口を開いた。

「それで醤油を使った料理を教えてくれないか。金なら払う」

すると笑いが返ってきた。シレンツィオはグァビアによって背を叩かれている。

「それぐらい無料で教えてやるよ。ああ、だが自分では料理せんぞ。あの匂いはもうたくさんだ」

聞けば、醤油嫌いになったエルフの料理人は多数に上るという。あまり美味しくないと思っているものを毎日扱えばそうもなる。

シレンツィオはこのとき、醤油を用いた汁物の作り方を教わっている。

教わったとおりに作っていると、ボーラが襟から出てきた。

〝シレンツィオさん、出汁が入ってませんよ〟

〝そんな説明はなかったんだが〟

〝出汁のない醤油味なんて薄めた醤油ですよ〟

〝意味が分からないが、憤るほどのものなんだな〟

試しに食べたが、確かに味気ない。塩気が前に出てしまっている。

なるほどとシレンツィオは考えた。

〝このレシピを教えたのは貴族に雇われたこともある料理人だったんだが〟

〝あー。あのエルフぽくない人〟

〝耳は長かったが〟

〝太ったエルフはエルフじゃありません。ハゲもそうです〟

〝ひどい話だな〟

〝そうですか？　あんなんじゃまともに魔法も使えませんよ〟

〝ふーむ。魔法と容姿は関係あるのか。授業にはなかったが〟

〝前にもお話ししたと思いますが、脚を鍛えた羽妖精は重くなって飛べなくなるんです〟

〝それと同じだと？〟

〝はい。髪を生やしたり伸ばしたり、男前になったりする魔法をさぼってるんだと思います。どれだけさぼったらああなるんだか〟

〝そんなものまで魔法でやれるのか〟

〝いえ、魔法というものは本来そんなものなんです。北大陸のエルフが使う火の玉とか、ああいうほうが邪道です。あれじゃ世界が壊れます〟

〝なるほどな〟

〝本当に分かってるんですかぁ？〟

ボーラは半眼になってシレンツィオの顔の前で滞空した。

〝おとぎ話の中では魔法使いといえば容姿を変えたり、服を変えたりしていたものだ。あれは一端の真実だったんだろう〟

〝おとぎ話と言うより、それたぶん昔話です……〟

昔話とおとぎ話の差はなんだろうとシレンツィオは思ったが、すぐに本題に戻っている。

〝そうか。まあ魔法を使わないと衰えるという話だったな。筋肉と同じだ〟

〝そうですね。魔法に頼れば身体(からだ)は衰え、身体に頼れば魔法が衰える、というものです〟

〝両方優れているというものはいないのか〟

〝両立は古代からの夢の一つとされていますね。おすすめできませんが〟

〝おすすめしない理由はなんだ〟

〝人間の人生は短すぎます〟

〝なるほど。もっともな理由だ〟

〝それと、シレンツィオさんは魔法が使えないので心配いらないんですが、普通の方法じゃうまくいかないと、魔法と身体能力を両立させようと外法(げほう)や邪法に走るんですよね〟

〝魔法には良いも悪いもあるのだな〟

〝ありますね。でもこれ以上は教えられません〟

〝女王に禁じられているせいか〟

〝そうです。それに、知らないことは人間にとってもいいことだと思いますよ〟

〝謎めいた話ではあるが、蕎麦と醤油の方が興味ある〟

〝ですよね。うーん。最近蕎麦と醤油の料理ばっかりしてませんか〟

〝喜んで食べているように見えるが〟

〝それはそうなんですけど〟

こうしてシレンツィオは大量の醤油に、蕎麦粉を消費するためにまた新しい料理を研究する。遺跡を壊して回るのも手を止めての、厨房にこもって数日の試行錯誤である。当然授業そっちのけであった。この行動がルース王国やアルバ国には大きな誤解を与えることになる。

シレンツィオが手を着けたのはまずは汁物の改良であった。

何度かの失敗ののち、シレンツィオは一つの結論に達している。

〝結局、出汁、というものが、醤油には欠かせないのだな〟

〝だから言ったじゃないですか〟

非難がましい目でボーラは言う。シレンツィオは腕を組んだ。

〝そうなのだがな。グァビアの調理法になかったので何か理由があると思った〟

一緒になって腕を組むボーラ。もちろん空中を飛んでいる。

〝うーん。そうだ、それこそシレンツィオさんの推理が正しかった、というのはどうでしょう〟

〝どういうことだ？〟

〝醤油は魚醤の代替品ではないかという推理です〟

〝なるほど。元々は魚醤を使った汁物の調理法、か〟

シレンツィオは頭の中で味を組み立てた。

〝確かにな。ボーラの言う通りかもしれん。魚醤が手元にないので確認はできないが、全く同じ作り方でも、それなら食えたものになりそうだ〟

〝でもそうすると、やっぱり北大陸のエルフは海から来たことになりますね〟

〝そうなるな。醤油汁の料理法から考えれば、まず間違いないと言っていいだろう〟

〝もしかしたら秋津洲からここまで移住してきたのかもしれませんね〟

〝その可能性は高いな〟

シレンツィオの言葉を聞いて、ボーラはその顔をまじまじと眺めた。

〝言い切りますねえ。なんでそう言えるんですか？〟

〝秋津洲の北の海には北方へ向かう大海流がある。その終点はこのあたりのはずだと。それと、それこそ醤油だ。違う地域で同じ物が再発明されたと思うよりも、もとは一つから枝分かれしたと考える方が普通だろう〟

明快な答えに対してボーラは何か悔しかったのか、不意に話題を変えた。

〝そうですね。ところでシレンツィオさん、同じ理屈で言うと人間も元は一ヶ所から生まれたとか思いませんか？〟

ちなみにこの考えはこの時代、人間でもエルフでも禁忌や異端とされる考えである。この時代では人間は世界中に同時発生したと教えられていた。

シレンツィオはあっさり頷いている。

〝十分にあり得る話だ。神の怒りに触れて言葉がばらばらになったというおとぎ話も、ボーラ風に言えば昔話である可能性が捨てきれない〟

ボーラは肩を落とした。大事なことを教えたのに、なんの反応もなかった風。

〝まったく賢い人ですね。シレンツィオさん、学者かなにかになれば良かったのに〟

〝俺の知る学者は料理をしない。羽妖精を連れて歩くこともない〟

〝今がいいってことですよね〟

〝そうなるな〟

〝絶対私のこと好きですよね。シレンツィオさん。誰にも言わないので私に教えてください。それで私は、色々あきらめがつきますから〟

〝どんなあきらめだ〟

〝イントラシアに連れて行くとか、世界の行く末とか〟

〝世界の行く末とは、また大げさな話だな〟


フリコの伝授のあと、シレンツィオが寮へと帰ろうとしていると、テティスがやってきて両手を広げた。あまり淑女と言えない行為なのだが、シレンツィオはたしなめることもなく、テティスを抱き上げている。襟が激しくカンフーしているが、テティスもシレンツィオも、無視した。

シレンツィオの顔を見ながら、テティスはテレパスを飛ばした。

〝おじさま、なにかをしましたか〟

〝蕎麦のレシピを教えていた〟

〝えーと、そうではなく〟

要領を得ない話だなとシレンツィオが思っていると、襟に目が生えた。ボーラだった。

〝そこの性悪エルフが言いたいのは、シレンツィオさんが何者かに狙われているってことです〟

〝そうか〟

〝興味を失わないでください。一部は暗殺すらも視野に入れているようです。あちらこちらで物騒な思考を読み取りました〟

そうテティスに伝えられても、シレンツィオは眉一つ動かさない。本当に興味がないのだった。

テティスは眉をひそめる。

〝すごい胆力だとは思いますけど……〟

〝シレンツィオさんはそんなものじゃないですよ。シレンツィオさんは捨鉢なんです。いつだって死んでもいいくらいに思っています〟

〝そこまでは思ってないが〟

シレンツィオの思考は、ボーラとテティスに無視された。

〝羽妖精はもっと警戒を厳重にしてください〟

〝してますー〟

〝この間、私達が朝の挨拶をしにいった時、寝ていたでしょう〟

〝あれは眠たかったんです！　羽妖精はホワイト種族なんです！　一日労働は三時間まで、週休六日！〟

〝おじさまに何かあったらどうするのですか〟

〝シレンツィオさんはテレパスを使える私たちより、ずっと警戒距離が長いんです。実際部屋に突撃してきたとき、シレンツィオさんは待ち構えていたでしょ？〟

〝それはそうかもしれませんが、万が一のことがあるでしょう〟

〝その時は本人から教えてもらいますからいいんです〟

シレンツィオは二妖精が俺の暗殺のことを気にしているのかと思ったが、特に何も言わなかった。

〝それよりも酒だ〟

〝お酒、ですか〟

〝ああ、醤油の可能性を思うに、酒がいる〟

実際翌日になるとシレンツィオは市場に行って酒を買い求めている。

そう言えば、最近酒を飲んでないとシレンツィオは考えた。子どもたちと付き合う関係で酒が周辺にないのだった。まあ飲める水があるのに酒を飲むのもおかしな話かと考え直(なお)している。

この時代、飲用に適した水は思いの外少ない。そもそも細菌という存在が認識されておらず、滅菌殺菌する重要性が広く認知されていないため、微生物が湧いてしまった汚染水源の回復が困難であるというのも理由の一つである。まともな飲用水がないとなると貴重な燃料を消費して煮沸せざるをえず、それでもなお、安全かどうかは確実ではなかった。

一例をあげるとシレンツィオがこの山都に来るまでの間、飲んだ水の色が記録に残っている。

茶色、茶色、茶色生臭い、色なし。

こんな感じである。七割ほどが水に色がついていたという。魔法文明華やかなりしエルフであっても平野部の水状況はこのようなものだった。

だからこその、酒である。酒はなにより酒精の力で微生物が激減するため、腐らない飲用水として世界中で使われていた。

〝シレンツィオさん、あそこのお酒が安いですよ〟

〝確かに安いな。買うか〟

そう言って味見のあと、樽を一つ買っている。麦酒という麦を使った酒である。エルフは大麦パンからこの酒を作っていた。名前は同じでも現代飲まれている麦酒とは製法が大きく異なる。

ルース王国では樽の大きさは法律で決められていたので、シレンツィオがこのときどれくらいの大きさの樽を買ったのかは、現代でも分かる。

その大きさは内容量およそ一〇〇リットルであったという。これに樽自身の重さが加わるので大変な重さである。

〝いくら安いとは言っても、また余らせるんじゃないんですか？〟

〝大丈夫だろう。酒というものは用途が多い〟

実際シレンツィオは醤油研究の一環として、豚肉の塊を醤油と酒で煮ている。風味が複雑になることを期待してのことであった。

安く買ったと記録にあるので、使用している酒はおそらく出来の良くない麦酒であったろう。不出来な酒は毎年一定数あって、それにも値段がついた。料理に使うことも多かったからである。

薬学の分野以外では秤すらちゃんとそろっていない時代、料理も、酒造りも全部目分量である。当然、出来不出来の差が大きかった。そもそも材料である麦にしてから品質は安定していたとは言い難い。

シレンツィオが手にしていた酒は麦酒の中でも保存が利くように酒精を高めようとして失敗したものである。酒精は糖を微生物が転換して生成するものなので、甘く作ったはいいが、微生物の働きが良くなく、甘みが大いに残った酒として、そのまま売りにだされていたものをシレンツィオが安く買ったというわけだった。料理酒ならこれで十分、むしろ甘みがあったほうがいいという判断である。

なお、酒は酢の中間生成物でもあるので、そのうち酢になるだろう、という読みもある。実際のところは、あまりうまくいかないのだったが。

そうしてシレンツィオは醤油と蕎麦の新しい料理をつくらんと背筋を伸ばして調理するのである。顔は真剣そのものである。

この背筋を伸ばして料理する様はエルフ的に大層面白かった、または感銘を与えるものだったらしく、料理するシレンツィオは絵画のモチーフになっている。おそらく最初の一枚はテティスが描かせたのだろう。

味見するシレンツィオ。

〝私は肉なんて食べませんけど、どうですシレンツィオさん。お味は〟

〝豚の臭いが強いな。風味を抑えたい〟

〝匂いの強いものを入れるのはどうですか？　羽には羽を、ですよ〟

〝そうだな。臭み消しにニンニクを入れてみるか〟

〝秋津洲では魚の臭み消しにショウガやネギを使っていました〟

〝ネギか。そういえば山にあったな〟

午後には、シレンツィオは遺跡破壊するついでに山の中で野生のネギを採取している。

栽培されたネギと比較すると、野生のネギは時々信じられないほど太く、たくましい姿を形作る。その太さは白菜と変わらぬほどである。近年の研究では原産地はルース王国よりずっと東方の山中であり、人間の手で世界中に運ばれたという話である。シレンツィオが採取したのは一部が野生化し、さらに近縁種と交雑したものであろう。

シレンツィオが掘り出したのは直径45㎝にも達する立派なものであった。栽培種と違い、長くもなく、青い部分ばかりが目立った。

〝シレンツィオさん、これ、ネギなんですか？〟

〝ネギだ。間違いない〟

〝なる、ほど。すれ違ってもネギとは気づかない気がします。一杯枝分かれしていますし〟

〝だから山に残っていた〟

〝なるほど〟

短剣というよりも鉈(なた)で葉を切り落とす。切り落とすと表現するにふさわしい大きさと重さである。

ネギ特有の防御成分が鼻をつく。この防御成分が人間に好まれるのだから、ネギとしても不本意であろう。もっともネギが世界中に広まったのも人間のおかげである。

良く洗い、変色した部分を取り除き、鍋に入る大きさに切ったら入れる。

〝シレンツィオさん。ネギ料理が食べたいです！〟

〝島国では乾酪(チーズ)と一緒に焼くことが多いな。肉を煮る間に昼飯がてらつくるか〟

〝わーい〟

シレンツィオはわずかに微笑(ほほえ)むと、ネギを同じように処理して、今度は刻んだ。二本の短剣を左右の手でもって刻んでいくのである。

刻み終わると今度は蕎麦粉を使ったフリコを作る。蕎麦粉一に小麦粉一を加え牛乳二と卵二個を入れてよく混ぜ、熱した銅板の上で焼くのである。

湯気が盛んにあがってきたらひっくり返して、端の方を折る。これを額縁、本邦では土手という。

この額縁の中に刻んだネギと乾酪を入れ、火が通ったら完成である。上にオリーブ油を回し掛けて食べる。

〝わぁ、油と乾酪以外は秋津洲と同じ材料なのに、随分違う感じですねえ〟

〝そうなのか〟

〝食べてもいいですか？〟

〝もちろんだ〟

小さく切って貰ったフリコを口にすると、ボーラは瞬く間に笑顔になった。

〝上から醤油をかけたいです!!〟

〝合うのか？〟

〝秋津洲生まれは醤油好きなんですよね。試したいんですが駄目でしょうか〟

〝いや、かまわん〟

それで醤油をかけて食べた。ボーラはこれだこれだと言う顔をしているが、シレンツィオは今一と思ったのか、そのまま食べた。

食べながら、考える。

〝ところで、秋津洲ではネギをどう食べるんだ？〟

〝薬味として使いますね。あ。ネギをそのまま炭火で焼いて醤油で食べることもしますね〟

〝うまいのか〟

〝はい〟

シレンツィオは試してみたが、あまりうまいとは思えなかった。

〝焼き方に工夫があるのかもしれないな〟

〝炭火で直に焼くとおいしいですよ〟

〝なるほど。薪で銅板鍋の上で焼くのはいかんのだな〟

薪の方が火力は低い。おそらくその差が味にでているのだろうとあたりをつけたシレンツィオは炭をどこで調達しようと考えた。飽くなき好奇心である。

〝肉の方はどうかな〟

シレンツィオは酒と醤油で煮た豚肉を食し、わずかに目を開いている。

〝おいしかったんですね？〟

〝テティスやガットを喜ばすことができそうだな〟

〝〇点、〇点ですよシレンツィオさん〟


ところで材料を豚肉にしたのは、安いからである。ここで言う安いとは入手のしやすさを言う。価格の安さと入手のしやすさはこの時代、ほぼ同じ意味であった。

わかりやすく言えば、潰す家畜がなければ購入することもままならないのである。牛は基本農業などに使い、乳をとり、最後の奉公として食肉になる一方、豚は食肉専用であったから、この時点で入手のしやすさには歴然とした差がついていた。

シレンツィオは、考える。

牛ならどうかと興味はあるのだが、なかなかその機会に巡り会わないでいる。

そもそも実験的に料理をするくらいなら確立された調理法でうまいものを食べた方がいいかもしれない。

〝男前の顔で、時々割とどうでもいいことを考えてますよね。シレンツィオさん〟

〝人間なんてそんなものだ〟

〝そこを悪びれもせず、格好をつけもしないシレンツィオさんが好きです〟

シレンツィオはつい、微笑んだ。顔の近くでボーラが滞空している。

〝恋が多そうな甘い評価だな〟

〝知ってました？　私はシレンツィオさん大好きなんです〟

〝そうか〟

そう考えたシレンツィオが太い腕を組んで次に思ったのは、牛と醤油をどう組み合わせるかだった。ボーラは半眼になったあと、えいえいと頬をつついた。

ところで豚の醤油煮のほうは、まったくといっていいほど受けなかった。その日の夕方のこと、夕食として出した豚の醤油煮をテティスやガットは食べることができなかったのである。

「舌が痺れます」

涙目のテティスに言われてシレンツィオはあわてている。

「どういうことだ？」

心配そうに見ていたボーラがテレパスを飛ばしてきた。

〝同じ豚肉はその前の日も出してましたよね〟

〝ああ〟

〝寒いから腐る可能性も低いですし、そうなるとネギ、ですかね〟

〝山菜と同じか……〟

〝やっぱり山に毒があるんですかねえ〟

〝アスパラガスや火炎草は大丈夫だったのが悩ましい〟

〝あれも同じ程度には洗ってましたよね。表面についたものが原因とかではないというわけですよね〟

〝中に由来がある？〟

〝おそらくは。そうなると毒が最有力です〟

急いで作った別の料理を出して、シレンツィオは深い悩みを抱えることになった。

良いと駄目の違いが分からない。植物の種類にも関係がないようである。

(6)

数日もせぬうちに、事態は急変した。あるいは、悪化の一途をたどり始めた。食堂に出る全ての食事で舌が痺れると子供たちが訴えだしたのである。下級生の大部分がこの症状を訴えた。終いには熱を出してしまう子まで出始めている。その中にはテティスがおり、ガットもいる。

〝もっと貴族の料理に慣れておけばよかったですね〟

元気をなくして喋ることもなくなったテティスが、テレパスでそんなことを伝えてきている。シレンツィオはそうかと言った後、横になっているテティスとガットの頭を撫でた。

「お前たちが食えるものを探そう」

事態は急であり、また規模が大きいため、食べ物の好き嫌いではすまされなくなった。

真の問題はその後である。シレンツィオとは別に幼年学校と、その管轄を行うルース王国陸軍が動き出したのである。

彼らがやったことはこの件を食中毒と断じることであり、その結果として急遽食堂は閉鎖されることになった。

「まずいな」

シレンツィオが口に出すほどであるから、どれだけ深刻かおわかりであろう。普段なら黙っているか、せいぜいボーラとテレパスでやり取りをしている程度である。

ボーラは襟から顔を出すと、不思議そうな顔をした。

〝そんなにまずいですか？　食中毒という話なら、別におかしくもないし、間違ってもいないように思えますけど〟

〝色々まずいことはあるが、一番まずいのは食中毒ときめて掛かっていることだ。違った時に全部の対応が後手に回る〟

〝なるほど……シレンツィオさんは食中毒でないと思っているわけですね？〟

〝貴族や王族の食べた料理と同じ症状だ。もしそれが毒だったら毒見役は仕事をしていないことになる〟

〝なるほど。それはそうですね。んー。じゃあ、これは一体なんなんです？〟

〝分からん〟

〝なるほど。えーと〟

ボーラはシレンツィオの周りを飛び回りながら考えた。

〝毒じゃないのに食中毒と認定されちゃったわけですか？〟

〝そうなるな〟

〝冤罪（えんざい）じゃないですか〟

〝それだけで済めばいいんだが〟

〝えー。他にもなにかあるということですか？〟

〝食中毒じゃなかった場合、対応が根本から異なる可能性がある〟

〝わぁ。大問題ですね。んー〟

〝なにか思ったことはあるか？　今は何でも情報が欲しい〟

〝お役に立てるかは分かりませんけどね。ルース王国の陸軍には貴族がたくさんいますよね〟

〝そうだな〟

〝貴族料理の特徴を貴族が間違えるなんておかしくありません？〟

シレンツィオはしばらく考えた。

〝そうだな〟

〝食中毒、というのは建前なのかもしれませんね〟

シレンツィオには珍しく、かすかに表情に出るほど嫌そうな顔をした。

〝だとすれば政治だな。ここでも政治か〟

〝陸軍は政治をするものだそうです〟

〝俺は船乗りだ〟

とはいえここは妖精の国で、さらには海の上ですらなかった。シレンツィオが渋い顔をしている間にも事態が動いていると考えるほうが自然である。

〝政治の事は分からんが、エルフの国の政治に至っては全く見当もつかない。校長に尋ねてみるか〟

〝シレンツィオさん、なにげにあのおばあちゃん大好きですよね？〟

〝年上の女性には誰しも憧れはあるものだ〟

〝幼女趣味だったんじゃないんですか〟

〝そんな趣味はないが、まあ、趣味はいくつあってもいいだろう〟

〝浮気は禁止です〟

シレンツィオはそれには何も答えず、ボーラに一〇〇回ほど同じことを言わせている。浮気禁止と連呼するうちにボーラが泣きそうになったのでシレンツィオは優しく襟の中に入れてやっている。

〝起きてもいないことを騒いでどうする〟

〝起きそうだから言ってるんじゃないですかやーだー！〟

そうこうするうちにたどり着いたのは校長の部屋である。声をかけて入るとそこには苦い顔をして考え込むエムアティ校長の姿があった。

「一つ二つお尋ねしたいことがあって参った」

「ちょうどよかった。私もよ」

〝シレンツィオさんに用なんて変な人ですね〟

〝授業にでろと言う話だろう〟

〝ああ。うん。そうですね……〟

「今回の食中毒とされる件なのだが……」

「このあたりで昔はよく見られた食中毒ね。なぜ今になって再流行したのかはわからない」

〝シレンツィオさん、食中毒って言ってますよ〟

〝どういう話だ？〟

シレンツィオは、表情を変えないまま口を開いた。

「そうなのか。貴族の食事でも同じような症状がある、と聞いている」

「そうね」

エムアティはあっさり認めた。シレンツィオが続きを促すと、エムアティは説明を始めた。

「ルース王国の前には帝国があったの。授業では四年生からね」

「なるほど。古代帝国のことだろうか」

「人間の？　いいえ。エルフのエルフによる帝国よ」

エルフのエルフによる帝国は、ややこしいことに現代では人間の人間による帝国と訳されている。略称は人間帝国である。これは北大陸のエルフたちの自称が人間だったことによる。彼らにとっては自分たちこそが唯一正当な人間であり、その他は人間扱いされていなかった。

その帝国を打ち立てたエルフたちは、貴族とそれ以外を、わずか一文で持って規定したとされる。すなわち、魔法を使えるものを貴族とする。である。帝国が緩やかに滅んでルース王国他に分裂したあとも、この古法は北大陸のエルフを縛り続けた。

「その帝国と食中毒にどんな関係があるのだろう」

「迷信があったの。一定以上の魔法の力があると、この食中毒にはかからないと」

「それで？」

「その迷信はそのまま選別の儀式になったわ。貴族と貴族の格付けに使われたの。今もやられているわ」

「俺は魔力がないが、食中毒にかからなかったんだが」

「だから言ったでしょう。迷信だと」

シレンツィオすら眉をひそめるとは、よほど酷(ひど)いことを示す言葉なのだが、このときがまさにそうであった。

「子供には危険なものだと思うのだが……」

「シレンツィオくんの言う通りよ。本当にもう、ひどい悪習だわ。どうしようもない迷信に惑わされて、子供たちが何人も死んでいった。現在進行系で今も続いているわ。魔法学では否定されているのだけど、貴族同士の食事会では必ずといっていいほど、この食中毒が使われているわね」

想像を絶する話であった。

〝だからクソなんですよ。北大陸のエルフは〟

ボーラはテレパスでそう送った。

シレンツィオは表情を変えずに口を開いている。

「迷信であることは知られているんだろうか」

「ええ。ただそれを信じるかどうかはその人次第ってわけ。貴族の大部分は信じているし、残る一部は信じていないけどつきあっているわ」

「魔法があるということは、いいことばかりでもないらしい」

「魔法とも関係なさそうなのよね。シレンツィオくんの言う通り、魔法がまったく使えなくても食中毒にはかからないんだから」

「なるほど。色々釈然としないが、食中毒なのは分かった。治療法と回避法が知りたい」

「ないのよ」

シレンツィオはぎょろりと目を向けた。エムアティは、私自身も到底納得しかねるという顔で口を開いている。

「だから、ないの。どこかの貴族が秘密裏に解毒剤を作っている可能性もあるけど、そういうものを持っているというだけで家に傷がついてしまうから」

「大勢が苦しんでいるが」

「そうね。でも対応する方法がない。やれて学校を閉鎖するくらいかも」

校長であるエムアティは、そう言って苦い顔をしている。すでに出世の道もなく、ただ引退するまでその職を全うするだけであったが、それでも多少思うところがあったのだろう。その顔は悲痛であった。あるいは純粋に子供たちのことを考えていたのかもしれぬ。

話がこれで終わってしまった。シレンツィオは苦い気分になりながら、頭をさげている。

「大変参考になった」

「エルフがバカのように見えているんでしょう？　そうなのよ。いいところもたくさんあるけれど、この件についてはどうしようもなく愚かなのよ」

「なるほど。それで、俺に用とはなんだろう」

「ちょっと荷物を預かって欲しいの」

「荷物？」

「ええ。あなたにはガラクタでしかないのだけど」

シレンツィオはいくつかの書物の入った袋を預かっている。

「魔法の本かなにかだろうか」

「日記よ。私のね。私にとっては宝物だけど、他人には意味がない。読んでもいいけれどなんの価値もないわ」

「そうなのか」

「ええ。私が受け取りに来るまで預かっていて。誰にも言っちゃだめですよ」

「承知した。必ず預かっておこう。俺が死んでも俺の意思を継いだ誰かが約束を果たす」

エムアティは少女のように笑っている。

「あらあら、深刻そうに言っているけれど、多分数日。長くても一月くらいよ」

「分かった」

エムアティは微笑（ほほえ）むと、どこか寂しそうに息をついた。

預かった荷物を持って歩いていると、心配そうに襟が揺れた。

〝あんなに北大陸のエルフが愚かだとは思いませんでした！　まったくもう！　シレンツィオさんが傷ついたらどうするんですか!!〟

襟から細い手が出てきてシレンツィオの頬（ほお）に触れている。

〝シレンツィオさん……〟

〝食中毒なら、まだやりようはあるな。まあ、そのうち収まるようなものかもしれないが〟

細い手が、シレンツィオの頬を何度も叩（たた）いた。もっとも小さいので痛そうには見えない。

〝それでこそですよ！　頑張ってガットちゃん他を救いましょう〟

〝そうしよう〟

気を取り直してシレンツィオは食中毒と戦い始める。


シレンツィオがとりあえず行ったのは、ボーラとの会話であった。考えをまとめているとも言える。歩きながらテレパスでやりとりをしている。

〝食中毒に地域差はあるが、新しい食中毒というものはまずない〟

〝そうですね。今回もそうです。文化的に利用されていたという側面もありますが、知られてはいました〟

〝古くからあるものだから対応対策もあるだろうと思っていたが、それがなかった〟

〝問題ですね！〟

〝まったくだ。対策を俺が探す事になった〟

〝あきらめないシレンツィオさんが大好きです〟

〝そうか〟

シレンツィオはしばらく考えて、ボーラに告げた。

〝とりあえず味見して危ないものは食わない、食わせない方向で行きたいところだ〟

〝はい。予防の基本ですね〟

〝問題は危ない食材が複数あって、見当がつかないことだな〟

〝蕎麦とネギは確定しています。共通点は……植物が原因ですかねえ〟

〝そうかもしれん。そうでないかもしれん〟

シレンツィオはそう考えたあと、深い青い瞳を揺らした。

〝この山が原因だと思ったのだが、蕎麦は脱穀して麓から持ってきたもののように思えた〟

〝そうですね。ふーむ〟

ボーラは姿を見せて翅を震わせている。淡い鱗粉が散った。

〝鉱毒、という可能性はないと？〟

〝遺跡壊しついでに見てきたが、鉱山は今のところ一つもない。露出鉱脈もない〟

〝なるほど。じゃあ鉱毒の線は一度外しましょう！〟

〝ああ〟

ボーラは顎に指を当てて小首を曲げて考えている。

〝鉱毒でなければ、一番怪しいのは食べ物が悪くなることですよね〟

〝ああ。食中毒は当たり前だが食を経由して発生するからな……〟

シレンツィオはテティスを例に出している。

〝テティスは食堂に行ってない。いつも俺の飯を食べていた〟

〝水源はどうです？　そこはみんな同じでしょう？〟

〝実は七日前から水は水源地から別に運ぶようにしていた。近くの井戸は使ってない〟

〝なるほど。じゃあ食材はどうでしょう。食堂もシレンツィオさんも、街の市場で食材を買い求めてますから、そこが汚染されていた可能性があります〟

〝それがな〟

シレンツィオは献立表を出した。これはマクアディ・ソンフラン作の手書きで、シレンツィオが依頼して作ってもらったものであった。

〝この一月の食堂の献立表だが、俺が蕎麦を挽(ひ)いた日以外、テティスはここで食べていない。その際も食事を取る前に俺の前に座っている。最終的には俺の作ったものを食べた〟

〝そうでしたね。うーん〟

薄目になってボーラは献立を眺めている。

〝食材が被(かぶ)っていない、ということですか？〟

〝あるとすれば、蕎麦か小麦だな。食堂に併設する厨房(ちゅうぼう)で粉を挽いている。まあ、ネギの件もありはするが、まずはそこからだな〟

〝買い直します？〟

〝前に買ってきた蕎麦は大丈夫だから、それを食わせながら次の食材を手に入れよう〟

〝はい〟

シレンツィオは食材を買うために市場に出たが、皆同じことを考えていたらしく、食材は少なかった。売れ残りは蕎麦ばかりという状況である。店頭でのやりとりを見れば舌が痺れるのかと尋ねる者が多く、もはや学内だけの話で無いことが知れた。

〝悩ましいな〟

〝これ以上に蕎麦を買っても仕方ないですよねえ。ただでさえ余ってますし〟

〝そうだな。今ある備蓄を使い尽くすまで長引くことは考えたくないな〟

そもそも溜め込(たこ)むことは誰かが買えないことでもある。必要なら麓まで降りようということで、シレンツィオは何も買わずに戻ってきた。商魂たくましく便乗値上げしている店が多かったこともある。

〝山から食材を得たい気もするが、何が安全か、俺やボーラでは分からんからな〟

〝分かりませんねえ……あ〟

〝どうした。なにか思いつくことはあるか〟

〝ありません……残念ながら〟

〝そうか〟

ボーラは慌ててテレパスを送った。

〝私はこれで性悪エルフが死んだらシレンツィオさんの心の傷になりそうなんでどうにかしたいと思っています。本当ですよ。さっきの〈あ〉は、思いついたけどちょっとありえないと自己否定した〈あ〉です〟

〝疑っていない〟

シレンツィオは、ボーラの頬に指先で触れた。

〝心を読め。疑ってない〟

ボーラはシレンツィオの指に頬ずりしたあと、そっぽを向いた。

〝気軽に心を読ませようとしないでください〟

〝なぜだ?〟

〝あなたの心のなかに別の誰かがいた時、傷つくから〟

シレンツィオはかすかに笑っている。

〝そんなことで傷つくな〟

〝シレンツィオさんにはわからないんです〟

〝そうだな。だが、だからといってやることが変わるわけでもない〟

〝なんの義理もない子供たちを助けるんですね？〟

〝そのとおりだ。俺は人助けをする時、理由をつけるのが好かん。そして俺は、好かんことはやらんのだ〟

〝そうでしょうとも〟

ボーラは顔をあげると自らの頬を叩いてシレンツィオの横に飛んだ。

〝よし、元気よくお手伝いしますよ〟

〝そうしてくれ〟

ボーラは微笑むと、滞空しながら考えた。

シレンツィオはそのさまを眺めながら言葉を考えている。

〝それで、さっきありえないと否定したことはなんだ、教えてくれ、今はどんなことでも情報が欲しい〟

〝ちょっとややこしいんですが、ちゃんと説明するとですね。最初は子供だけがかかるというところが変だと思ったんです〟

〝ふむ。通常病魔は弱いものを狙う。どこもおかしくない気はするが〟

〝そうなんですけどね。んー。二乗三乗の法則というのがあってですね。それで不思議だなあと。

ええとですね。私達羽妖精はおよそ人間やエルフの六分の一程度の大きさです。大きさは六分の一なんですが重量で言えば二一六分の一になります。その分致死量も減りますから、毒の効果は羽妖精にこそ最初にありそうなんですよね〟

〝しかし実際には効果がでていない。なるほど。確かに変だな〟

〝はい。毒、という可能性は薄いかもしれません。と、ここまで考えたところで、病気の可能性に気づいたんです。病気だったら羽妖精やゴブリンは人間やオーク、エルフと構造が違いすぎるので病気が共通ではありません。だから、体重だけでは判断できないなあと〟

〝なるほど。獣人やエルフだけがかかる病気という話もありえるか。そうなると人間である俺の知識ではどうにもならん可能性すらある〟

〝はい。弱ってるガットちゃんに毒見をさせるわけにもいきませんし〟

〝そうだな……〟

正直、あまり良くない状況である。

シレンツィオのいつもの表情から何かを見つけたか、ボーラは補足を口にした。

〝言い添えると、シレンツィオさんが病気を媒介した可能性は低いと思います。以前からあった症例ですし、なにより広がり方がシレンツィオさんを中心にしていません。濃厚接触している性悪エルフの発症はむしろ遅めなので……〟

〝それについては誤解していない。大丈夫だ〟

シレンツィオは背筋を伸ばしたまま、しばし考えた。

〝病気が一番濃厚だとして、他の可能性としては魔法の効果はどうだ。舌が痺れる魔法とか〟

〝その可能性はないと思います。これだけの広範囲に効果のある魔法は存在しませんし、そもそも魔法ならば私が常時使用している魔法探知にひっかかります〟

〝そういうものがあるんだな〟

〝はい。もっとも北大陸のエルフはそういうものも忘れているみたいですけど〟

〝その言い方だと、初歩的な魔法のようだな〟

〝はい。初歩の初歩です。魔法を習得する第一歩でもあるので最初に習う魔法ですね〟

〝こちらのエルフが初歩の初歩を捨てる理由が分からんな〟

〝確かに。言われてみればそうですね。うーん。大規模自然破壊のせいで、私の目が偏見で曇っているかもしれません〟

〝今は偏見の出番ではない〟

〝そうですね。シレンツィオさんのそういうところが好きです〟

シレンツィオの母がエルフと戦って死んでいることをテレパスで読み取ったうえで、ボーラはそう言っている。

〝話は戻るが、習得する第一歩の魔法を捨てた理由はなんだろう〟

〝それ以外のもっと効率的な魔法習得手段を手に入れたんですかねぇ〟

〝そうかもしれん。そうでないかもしれん〟

〝私にも分かりません。授業で解説があったかもしれませんけど、最近授業そっちのけで蕎麦料理の研究してましたからねえ〟

〝過ぎたことは仕方がない〟

〝そうですね。羽妖精がよく使う言葉なんですけど、羽妖精以外が使ってるとものすごく無責任に聞こえますね？〟

〝気にするな〟

もちろん羽妖精が使っても無責任であるが、シレンツィオはそれについては言及しなかった。

〝はい。ところでなんでそんなことを気にしたんですか？〟

〝俺にとってのエルフと言えば魔法なんだが。どうにもチグハグに思えてな〟

〝それはありますね。歪(いびつ)というかなんというか〟

〝まあ、今回の病気もどきには関係ないか。俺はどうも、答えを決めつけようとしているのかもしれん〟

〝どんな答えなんです？〟

〝遺跡だ〟

〝遺跡ですか〟

〝この症状が出る前と後では変わったことと言えばこれが一番だと思う。俺が遺跡を破壊したことが引き金になっているんじゃないか〟

〝うーん〟

〝どうだ〟

〝多分違うと思います。心当たりがないんです。当然類似の例もありません。遺跡が壊れて子供たちが影響受けるなんて、ちょっと突飛すぎると思いますよ。これが知り合いが犠牲になってなかったら、鼻で笑い飛ばしているところです〟

〝そうか、関連は薄いか〟

〝はい。残念ながら。残念なのかな〟

ボーラはそういった後、なにかに思い当たったか、恐る恐るといった風にシレンツィオの顔を間近に見た。

〝もしかして、シレンツィオさんはなにか感じるんですか。あのゴーレムと遭遇した時に見せたような不思議な力で何かを感じたり？〟

〝そんなことはないんだが、時期の一致がな〟

〝それでいうと悪魔とかも範囲にはいりませんか〟

〝そうか。それもあったな。連中が子供だけに効果のある毒をばらまいたとは到底思えないが、調べるだけは調べるか〟

〝そうですね。それと、子供たちを麓に降ろしてみるのはどうですか？　病気や毒ではなかった場合、遺跡やら悪魔の出た地域からはなれることで改善するかも〟

〝それはいい考えだと思うが、実行はされないだろう〟

〝そうなんですね？〟

〝ああ。食中毒という断定に加えてこの蔓延だ。それが病気である可能性もある以上、これ以上の蔓延を阻止するために生徒や関係者は全部この地に留め置かれる可能性が高い。船ではよくある話だ。陸でも変わるまい〟

〝精霊魔法的に正しいとは思うんですが、貴族の子弟もたくさんいるんですよね。大丈夫なのかな〟

〝さてな。ともあれ、いくぞ。悪魔の魔法陣の場所だ。痕跡を見つけられるといいんだが〟

〝魔法陣近くの食べられそうな野草を試料として確保しましょう〟

〝そうするか〟

それでシレンツィオは急ぎ裏庭へ向かった。裏庭は普段ののんびりした雰囲気から一転、物々しい空気に包まれている。

〝兵士がたくさんいますね。こちらに強い警戒を抱いています〟

〝考えることは同じだったか〟

違った。シレンツィオはすぐに武装したエルフたちに囲まれてしまっている。

「シレンツィオ・アガタ。貴殿には外患誘致罪の疑いが掛かっている。大人しく従って貰いたい」

兵士をまとめる騎士に言われて、シレンツィオが口を開こうとすると、そこに拳大の球が投げ込まれた。地面に着くや激しい音と煙を吹き出し回転を始める。

〝煙幕ですね〟

〝そうだな〟

「シレンツィオさん！　逃げて！」

聞こえる声は、ピセッロか。

〝長い時間はもたないと思います。どうします？〟

〝エルフの拷問にも興味はあるが、今俺は忙しい〟

〝ですよね。まあ、最悪性悪エルフとガットちゃんとマクアディくんだけ助けて脱出しますか〟

〝行き先は秋津洲か？〟

〝大軍師はとても歓迎してくれると思いますよ〟

〝そうか〟

ところがシレンツィオは動かずじっとしていた。見れば人間、獣人とエルフたちが互いに剣を抜いて戦おうとしている。シレンツィオは大きく息を吸うと、そんなことをしている場合ではないだろうと、一喝した。

静かになった。流石に逮捕対象やら保護対象やらに怒られるとは誰も思っていなかったらしい。

無事だったのは襟の中に隠れて耳を塞いでいたボーラだけである。ボーラは音声の大きさに震えたが、それだけだった。

〝とんでもない大声ですね。シレンツィオさん〟

〝船の上で必要だからな〟

シレンツィオは口を開いた。

「今重要なのは子供たちの病状だろう。悪魔との関連性は調べたのか！」

声を向けられたエルフの騎士が左右を見た。

「どうなんだ！」

「え、いえ。小官は貴殿を捕縛せよと……」

「ここの学校には大量の貴族の子弟もいるのだ。下手を打てばルース王国の未来に関わるぞ。その認識は王家にあるのだろうな！」

大声で正論を話す大男は怖いものである。シレンツィオはまさにそれであった。兵士が互いに顔を見合わせている。

「ピセッロ、護衛ご苦労。とはいえ、今は引け。どういう主張があるにせよ、正式な手続きを踏め」

密使と言えばどんな詮索をされるかわかったものではないので、シレンツィオはピセッロを護衛ということにした。

名指しされたピセッロは苦い顔をしている。不満顔である。

「シレンツィオさまを逮捕しようとするようなやつらですよ!?」

「海洋国家である我がアルバが、なぜ内陸国と戦う必要がある。道理で考えろ」

〝よく嘘を並べ立てることができますね？〟

〝誰もが信じたい言葉を言うのも仕事だったからな〟

〝なるほど。今度は私が信じたい言葉を言うのがいいと思います。本音で〟

シレンツィオは思わず笑みを浮かべた。この笑みが、ルース王国とアルバの双方の兵に直撃した。心からの笑みが誤解を生んだのである。シレンツィオは敵にあらずと。

シレンツィオはうっかり笑ってしまっただけだったが、起きた状況は最大限利用した。

「まず、この俺になんらかの疑いがあるのであれば、心を読めるものを連れてくれれば良いではないか」

「いえ、それだとその、完全に罪人扱いになりますので……」

「重要なのは扱いではなく、心がどこにあるかだ。それと今は時間が敵だ。なんなり疑いがあるのなら手早くやってくれるほうがありがたい」

「そ、そこまで急ぐようなことですか。劣等人の方には馴染みがないかもしれませんが、今子供たちに流行っているのは古くからあるちょっとした食中毒でして」

〝食堂を閉鎖すれば大丈夫と思っていたか。まあ本当にそうなんだが〟

シレンツィオはそう思いながら、全然別のことを言った。

「それだけでは説明がつかない部分がある。なるほど症状は既知の食中毒に近い。だがこの広がりは……すでにこのヘキトゥーラ全域に及んでいる。食中毒なら食事で広がるが、それだけでこの規模、広がりの速度を説明するのは難しいのではないか」

シレンツィオの言葉は短く、その分威力があった。

「症状だけで断じるのは危険だ。俺はルース王国のためにしっかりとした調査をすべきと思う」

「シレンツィオさま、おかしいですよ。なんでそこまでエルフに肩入れするんですか」

「そ、それはルース王国としても気になる」

ピセッロとエルフの騎士が交互に言った。言った後で、いつのまにか共同歩調を取ってるぞと思ったが、真剣そうなシレンツィオの顔を見ていると、そういう事はあとで考えようという気になった。

「わからないか」

シレンツィオは優しく低い声を出した。

「俺は子供が好きだ」

襟から羽妖精が飛び出したくてうずうずしているが、シレンツィオは無視した。

シレンツィオの低い声に優しさが入ると、一部の女性はひどく反応する。

実際、う、うわぁと顔を真っ赤にしてピセッロがつぶやいた。エルフの騎士は感極まった。

それでエルフの騎士とピセッロをシレンツィオの側(そば)につけるという条件で、一日停戦がなされた。

〝子供が好きだといいますけど、じゃあ羽妖精はどうなんですか！〟

〝好きに決まっているだろう〟

〝じゃあ羽妖精と子供が好きだと言い直してください！〟

〝今度な〟

〝それなら私の名前呼びながら言ってください。ゆっくり、優しめで。できれば月の見える窓辺でお願いします〟

〝そうか〟

〝忘れたら毎日耳の穴にミミズ入れますから〟

シレンツィオは黙って東屋の魔法陣を見ている。かつて悪魔たちが転送されてきた魔法陣だった。

〝あの時から魔法陣が起動した感じはないですよ。シレンツィオさん〟

〝そうか。それ以外の魔法を感じたりはしないか〟

〝ありません〟

〝連中が風土病みたいなものを持ち込んだ可能性は捨てきれないよな〟

〝そうですね。その場合はお手上げです。回復魔法では未知の病気を治療できません〟

〝そうか、回復魔法というものがあったな〟

魔法を使えない故に、その存在を知っていても使おうと思わなかったのがシレンツィオである。

魔法陣を調べる手を止めると、エルフの騎士に向かって口を開いた。

「子供たちに回復魔法を試したか」

「この程度の症状では、普通は使わないのです。かえって症状が悪化することがあり……」

〝シレンツィオさん、病気除去の魔法じゃなくて弱い病気だと体の活性化魔法だけですませてしまうときがあるんですよ〟

〝違いは？〟

〝体の活性化魔法は身体能力を上げる魔法です。それで病気に勝とうという話なんですけど、範囲指定がうまくいかずに病気まで強化してしまうことも往々にしてあるんです。素人の回復魔法という言葉があるくらいで〟

〝それならばもう一つの、病気除去を使えばいいのではないか？〟

〝そうなんですけど、病気除去の場合は事前に病気を鑑定しておかないといけません。鑑定にはとても知識がいるので、一般には使われないんですよ。病気除去は〟

シレンツィオはそうかと思いつつ、同じことをエルフに問うた。

「鑑定はしていないのか」

「劣等人のあなたにはどうか分かりませんが、エルフはそこまで深刻とは思っておりません」

「金でどうにかなるのであれば、俺が金を出しても構わない。ぜひ鑑定をしてほしい」

シレンツィオが頭を下げると、エルフの騎士は心底困った顔をした。思えばこの人物もとんだ貧乏くじである。

「……上に掛け合ってきます」

「ありがたい」

シレンツィオは礼を言って魔法陣から立ち上がった。

「悪魔からの影響ではないようだ。とりあえずは。鑑定がされるまでは、子供たちが食べられる食材を探し出したい。寮にいる子供たちの様子が知りたいがどうすればいい？」

エルフの騎士はまた自分がやるのかという顔をしたが、シレンツィオの顔を見て折れた。本来は自分たちエルフがしなければならないことだと思ったらしかった。

「それもすぐにやります」

「頼む」

シレンツィオの堂々たること、生まれつきエルフを指揮してきたようである。その姿を見て腹を立てたピセッロが、エルフの騎士を押しやって自らの胸に手を当てた。

「私にも仕事をください！」

「助かる。とりあえず、食材を広く買い集めてみよう。子供たちの舌が痺れないものを探したい」

「はいっ」

頷(うなず)いて背筋を伸ばし、威風堂々歩く様はアルバの宝剣という二つ名がよく似合っていた。それは抜かれたが最後、煌(きら)めいて人々を縦横無尽に動かすのである。子供たちの危機を前に、宝剣は抜き放たれた。

〝アルバの宝剣、かぁ〟

〝どうした〟

〝それでも、シレンツィオさんは私のものです。誰にも渡すものかと思いました〟

〝そうか〟

〝そんな言葉も言われ慣れているんでしょうけど〟

〝そうでもないな。せいぜい一〇〇人くらいだ〟

〝十分多いじゃないですかヤーダー!!〟

そんなやりとりをしつつ、シレンツィオは子供たちが食べられるものを探している。問題は味見をするまでわからない。ということである。

腕を組んで考えていると、答えが歩いて来た。マクアディと同室の子供たちであった。

「どうした」

「シレンツィオ、なにか食べ物持ってない?」

そういう話である。そう言えば、貧しい家の出は食堂に食事の全部を頼っていたのだったなと、シレンツィオは思い出した。

「食えるかどうかは分からんが、食材を色々集めさせている。危険かもしれんが、食ってみるか」

「食う食う。今ならリアンの貴族料理でも食べられそう」

マクアディの言葉に、シレンツィオは少し笑った。笑った後で考える。

「ところでソンフラン」

「なあに?」

「お前に勇気はあるか」

「ある……けど？」

シレンツィオの表情を見て、マクアディが言い直すより先に同室の子であるステファンという子が、マクアディを引っ張り寄せた。

「だめだ！」

「何が？」

「どうみてもこのおっさんはやばいことマクアに言いそう」

「それは俺も思ったけど、友達だし」

「それ言うなら僕だって友達だろ、ちょっと考え直せ、または考えた上で許可を出せ!!」

「うん。ステファンの言うとおりだな」

シレンツィオは頷いてそう言っている。ステファンの怪訝そうな顔が面白かったのか、シレンツィオの襟が揺れている。

シレンツィオはゆっくり口を開いた。

「俺としても可能な限り危ない橋を渡らせたくはない。が、俺は人間だ。エルフじゃない」

「……それは重要な違いなの？」

「今回ばかりはな。俺はお前たちが食べて舌が痺れる、ということが分からん。味覚の違いなのかなんなのかわからんが、とにかく分からんのだ」

「痺れないほうがいいよ」

小さな声でマクアディは言った。シレンツィオは頷いたあとで言葉を続けている。

「そうもいかん。お前たちが苦しむのに対処したいが、肝心の舌がこれでは、何が悪いのかわからない」

「味見ならやるよ。俺、母さんの料理手伝って良く味見してたんだ」

少々自慢げにマクアディは言った。父と兄は許されない手伝いだったらしい。シレンツィオはそうかと言うと、居住まいを正した。

「危なくない程度でたのむ。実はお前と同じ程度の年齢の女の子がいて、それもお前たちと同じように苦しんでいてな。なんとかしたい」

マクアディは小さく口を開けた後、元気よく頷いた。

「うん。いつもシレンツィオと一緒にいる娘だよね」

「マクア、あいつ心読む力あるんだって噂だよ。やめよう」

横からステファンが声を掛けるが、マクアディは首を横に振った。

「やめない。能力で人を差別するのはよくないって母さん言ってた。人間は財布の重さで判断すべきだって」

「それ絶対いい言葉じゃないからな！」

ステファンはマクアディが心配なようでちょこちょこ横から口を出す。シレンツィオはさもありなんという顔をしつつ、ゆっくりと落ち着くのを待った。

「やるよ。シレンツィオ」

あらためてマクアディが言うと、シレンツィオは頭を下げている。

「ありがたい」

「僕もやる！　マクアだけじゃ危ない！」

ステファンがそう言った。シレンツィオは当然だなと言って頷いている。

「とにかくやるよ。味見以前に腹ペコで死にそう」

「毒見だ。まあ危ないと感じたら教えてくれ。無理に食べるなよ」

「わかった」

「協力に感謝する。料理を作るので片っ端から食べてくれ」

シレンツィオはさっそく短時間で一〇種類ほどの料理を手早く作って、子供たちに食べさせている。それらを分類して、どうにも食べられないもの、我慢すればいけるもの、普通に食べられるものに分けた。

しばしの後、現時点で確実に安全なのはアルバから持ってきた食材だけであることが分かった。

「ほのふぁふた、あつ、あつ」

「食べた後でいいぞ」

「うん。このパスタうまい。もっと食べたい」

〝シレンツィオさん、パスタの備蓄、もうそろそろ無くなりそうです〟

〝作るだけなら俺でも作れるんだが……やってみるか〟

それでシレンツィオは、パスタを作っている。もっとも硬質小麦がないので、本国のそれとは少し異なる。小麦粉と卵とオリーブ油を混ぜて、少しずつ水を入れながら練って行くのである。練ったら次はのし棒で伸ばして短剣で切っていく。

〝ふむふむ。これを乾かせばあの細長いものになるんですね？〟

〝ああ。細長いと乾かす時間が短くていい〟

〝どれくらいかかるんですか？〟

〝半年か一年か。まあ半年だな〟

〝え、それダメじゃないですか〟

〝乾燥させた場合は、だ。乾燥させないでも食べることはできる〟

乾燥していて温度が低いせいで微生物を繁殖させないことから、通常パスタ作りは冬場の仕事とされる。無菌室で押出機で成形し、年中生産する現代とは同じパスタという名前でも全然違う作り方である。

〝乾燥させてないパスタだ〟

〝ふむふむ。いわば生パスタですね！〟

〝生ではないぞ。火は通常通り通すからな〟

〝あ、はい。秋津洲はなんでも生で食べたがるので、その名残というかできたてを生と言うんです。すみません〟

シレンツィオは奇妙な文化だなと思いながら、茹(ゆ)で上(あ)がったパスタに卵の黄身を混ぜて黄身に火を通しつつ、牛酪(バター)、ついで小さく切ったハムを入れ、乾酪(チーズ)と塩胡椒(こしょう)を加えて味を整えた。檸檬(れもん)の果汁と香草を散らして完成である。檸檬ではなく、牛酪を作った時、少し酢の入った乳清を使っても良いが、すぐに悪くなるので保存の利く檸檬を使用している。

「うめぇ!!」

マクアディたちが涙を流して食べるのでシレンツィオは苦笑した。

「よし、パスタがいけるのなら、これをたくさん作って皆に食べさせよう」

シレンツィオはそう言って当座の問題解決としようとした。

が。

ところがそうは問屋がおろさない。初日は良くても翌日には食べることが難しくなった。舌が痺れると子供たちが言い出したのである。それだけではなく、エルフリーデと同学年の子も病にかかりだした。

またも作戦は練り直しである。

〝食い物が悪くなりにくい冬にもかかわらず時間とともに悪くなるのか〟

〝そうみたいですね。どういう理屈だろう〟

ボーラも出てきて腕を組んで考えている。

〝とはいえ、時間とともに悪くなるのでしたら、腐るのと同じような感じなんでしょうね。対処も参考にできるのでは〟

ボーラの言葉に、シレンツィオは重々しく頷いた。

〝そう思ったんだが、新鮮なものなら大丈夫かというとそんなこともないのが悩ましい〟

〝そうですねえ〟

ボーラは考えた後、シレンツィオの顔に近づいた。

〝パスタ、作った直後なら大丈夫ですよね〟

〝ああ〟

〝ここは作りたてで行くしか〟

〝そうなんだがな。それだと量が作れない。助けることができる人数が相当限られる〟

〝一部だけ助けると言わないシレンツィオさんが好きです〟

〝そういう話だったか〟

〝そういう話ですよ。んー〟

ボーラは飛び回った後、指を突き出した。

〝食堂の人たちの力を借りるのはどうでしょう〟

〝それだが、どうも逮捕されているらしくてな〟

〝あー〟

ボーラはしばし考えたあと、しょんぼりした。

〝まあ食中毒を出した食堂なら、そうですよね〟

〝食中毒とは断定できないんだからなんとか解放してやりたくはあるが〟

〝取引相手ですもんね〟

〝そうか。取引か〟

シレンツィオは早速、すっかり取次役になってしまったエルフの騎士のところへ赴いている。

〝捜査はどうだ〟

〝シレンツィオさん、口、口〟

「捜査はどうだ」

エルフの騎士はシレンツィオに感化されて、上の冷淡さにめげずに食中毒を調べていた。そして調べていくと、確かに食中毒と言えない点が浮かび上がってくるのである。

「食中毒と決めてかかるのは難しそうです。とはいえ、上を納得させるにはまだ至っていません。楽観視しているようで」

「そうか」

シレンツィオはそう言ったあと、口を開いた。

「楽観の理由は？」

「高学年の生徒は症状を訴えておりません。およそ八歳から一〇歳ほどに被害がとどまっています」

「それにしたって一〇〇〇人以上はいるのではないか」

「はい」

シレンツィオは深刻そうな顔をして、口を開いた。

「さしあたって大丈夫そうな食材をいくつか割り出した」

「本当ですか」

「ああ。ただ条件つきだし、悪いことを先に言うと、安全そうな食材も短期間で汚染されるようだ」

「汚染、ですか」

「大丈夫そうな食材が減っていっている。この数日有志の子供たちに協力してもらっているが、半月前と比べても半減している」

「そうなのですか！　いや、失礼。それは……」

「昨日まで大丈夫だったものが今日はダメ、というのが厄介なところだな。低学年の子供たちがちゃんと食事ができているか心配だ。もっと本格的に調べることはできないのか」

「それが小官にはなんとも……」

言葉を濁した後、エルフの騎士は顔を上げた。

「実はこの学校の指揮権を預かるエムアティ校長の捕縛命令が出ておりまして」

きりりとした眉を片方だけあげ、シレンツィオは言葉を促した。

「こちらも私が請け負っております。……ですので」

「なるほど。校長にお会いすることだけはできるというわけだな」

「はい」

シレンツィオは少しだけ微笑んだ。

「同じく捕縛されたていの俺が同じ場所に拘禁されても問題ないだろうか」

「それでしたら自分の一存でどうにでもなります」

「ありがたい。今、アルバ国の俺の護衛連中が動いて麓で食材を買い集めている。それらの食料が大丈夫そうなら、子供たちに振る舞いたい。食堂の料理人たちも使ってどうにかしたいんだが、助けてくれるか」

「お礼を言うのは我々です。シレンツィオさん」

シレンツィオは今度こそ微笑んだ。

「嬉（うれ）しいことを言ってくれる」

それでエルフの騎士に案内されて歩いていると、ボーラがテレパスを飛ばしてきた。

〝取引って、さっきのやり取りですか？〟

〝ああ〟

〝全然取引には見えませんでしたが、確かにシレンツィオさんが欲しがってる情報を手に入れることができるみたいですね。何を取引したんですか？〟

〝誠実さを売って情報を買った〟

〝それは取引と言うんですか。うーん、なるほど。秋津洲には全然ない概念なので、ちょっと驚きました。いえ、商人ならなんでも売るっていいますから、それはそういうことなのかな……〟

〝なんでも自分の得意なことに変換して考えるのがいいと言うぞ〟

〝それはそうですね。なるほど。私の得意なことなんだったたっけかな……〟

〝俺を癒やすことじゃないのか〟

〝そうですね！　えへへ。大好きです。シレンツィオさん〟

それでシレンツィオは少し笑うと、そのままエムアティ校長の元へ向かっている。

拘禁と言っても無体なことはされておらず、移動を少しばかり制限されているだけのようだった。事件性もないし、証拠を隠すようなこともないと、判断されたのであろう。

「シレンツィオ・アガタが参った。エムアティ校長にお会いしたい」

「どうぞ」

エムアティ自身の声で許可が出た。シレンツィオは扉を開いて音もなく歩いてエムアティの前に立っている。

「ご無事で何よりだった」

「あら、おませさんね」

エムアティは煙るように笑っている。この人物、高齢のため目が悪いのだが、違和感を感じてシレンツィオは目を見開いた。

「視力が回復しておられるのか」

「ええ。この数日調子が良くて……いいことと悪いことはいつも同時にくるわね。夫の戦死と私の出世が同時に来たことを思い出したわ」

「それは残念だった。立派な人物であったろうに」

「もう一〇〇〇年も前のことよ」

エムアティは優しく笑ってシレンツィオに顔を近づけた。

「同じ年頃の友達と比べて随分苦労しているように見えるわ」

「苦労などしたことはないが、誰かのために動いては来ていた」

「そう。いい子なのね」

エムアティは微笑むと少女のような身軽さで椅子に座った。以前あった危なっかしい動きがない。

「本当に調子がよさそうだ」

「ええ。なんでかしらね」

シレンツィオはその理由を知りたいと思ったに違いないのだが、優先順位を間違えるようなことはしなかった。

「それで校長にお願いがあるのだが」

「なにかしら？」

顔の上げ方の勢いが、老人のそれでないことにシレンツィオは違和感を覚える。覚えたが、無視した。

「例の食中毒だが、調べるほど俺は食中毒とは言い切れないと思っている。なんらか心当たりはないだろうか」

「そうね……最近の若者ときたらまったく……小さい子のほうがずっと勉強熱心だわ」

小さい子というのは自分のことではないだろうなとシレンツィオは思ったが、人間年齢で五〇歳以上、およそ二〇〇年以上を生きたエルフにしてみれば三〇年はそういうものなのだろう。エムアティからすれば他のエルフですら若者扱いなのかもしれない。

「過去に似たような症例はあるだろうか」

シレンツィオが重ねて尋ねると、エムアティは困ったような顔をした。

「それが……あるようなないような、そんな感じなの」

「なるほど。定かではないが引っかかるところはある。くらいだろうか」

「そうね。その通り。なにせ私が子供の頃の話だから……」

現存するエルフはいないが、墳墓などから発見されるエルフの脳は人間と比較して極端に大きいということはない。それで数千年の記憶をちゃんと保持できるかというと、そんなことはないのである。人間がある程度大きくなるまで記憶定着しないように、エルフも記憶を断片的にしか保持しない時期が長かったと思われる。

「そうね。話すうちに思い出すかもしれないから、少し話そうかしら。今日は学校の仕事もないの」

自分が幽閉されているとは言わず、エムアティはそう言った。

シレンツィオも同様に幽閉されている者として扱っていない。頭を下げている。

「貴重な休日を俺のために使わせてすまない」

「あらあら、本当におませさんなのね。あと四〇年もすれば、いろんな女の子から声を掛けられるようになるわよ」

「それは楽しみだな」

そうなる前に死ぬのはシレンツィオとて分かっているが、笑顔でそう返事をしている。嘘ではなく、真心でそう返事をした。

エムアティは微笑むと、遠くを見るように目をさまよわせた。

「昔は貧しかったのよ。私の父は漁師で、母は薬草売りだったけど、それでも食事には事欠く始末だったわ。山と海の両方の食料を得ていたにもかかわらずよ。父は断崖の果の海から仲間と一緒に流されてきたと言っていたわ」

「希望の岬の先にある海のことだな」

「そうね。父はそこから北へ行く海流に流されてきたの」

シレンツィオは頷いて言葉を促した。エムアティは話を続ける。

「流れ着いたのは今で言うルース王国の北の端。水軍士官学校があるところよ。当時はなんにもない砂浜だけの場所だったんだけどね。……そう、畑のない生活なんて想像できるかしら。最初はそこからだったの。私達の親世代は、畑がなかった。だから苦しんだわ。畑がないということは精霊魔法も使えないのよ」

「計算……というより、予定が成り立たない。という意味だろうか」

「そうね。明日がなかったの。今日を生き延びるのが精一杯。ときには笑っちゃうくらい何も採れないことがあったわ」

シレンツィオは想像する。要するに毎日が飢饉である。飢饉で食べるものと言えば救荒作物。救荒作物と言えば、蕎麦である。

「なるほど。それで蕎麦か」

「そうね。最初は蕎麦畑を作ったわ。母が薬草売りだったから、自生する蕎麦を見分けることができたの」

「なるほど」

シレンツィオが眺めていると、エムアティの表情が急に険しくなった。

「そう、それだわ。私も小さいときは蕎麦を食べるたびに熱を出していたわ。舌が痺れて……」

「他の食材でもなかったろうか」

シレンツィオが尋ねると、エムアティは微笑んで頷いた。

「そうね。当時はそんな食べ物で溢れていたわ。それでも食べるしかなかったの。子供だけじゃなく、大人だって熱を出した。むしろ。だからこそ私達は強くなった、と今では思うわ」

　エムアティは微笑んでいるが目は笑っていない。シレンツィオはその瞳の中に、塗炭の苦しみを見た気がした。

「苦しみを肯定するときはある。次の苦しみの予行練習になったときだ。エルフの先人の苦労は想像するに余りある」

「ありがとう。父母に代わってお礼を言うわ」

　エムアティはそう言って、記憶の中に自分を置いた。その底から汲み出した記憶のかけらを言葉にしていく。

「本当に苦しかったのよね。でもそれがなければ、今の私達はない。そう信じなければ生きていけなかった。私達が劣等人ではなくなったのは、苦しい中で努力をしたからね」

「なるほど。努力か」

「そうよ。だからアガタくんもがんばりなさい？」

「心しよう。ところで今、子供たちが校長殿と同じめにあっているのだが、それは努力でどうにかなるのだろうか」

「ええ。どうにかなると思うわ。それまでに何人死ぬかは分からないけれど」

　表情を変えずにそう言うエムアティに、シレンツィオが違和感を覚えていると、襟が少し揺れた。

〝シレンツィオさん、この人エルフですよ〟

〝それは知っている〟

〝そうじゃなくて、動きというか考え方がものすごく秋津洲のエルフ様ぽいです。長く生きすぎて人の生死とかどうでもいいと思っているような、そんな感じです〟

〝ふむ。幽閉されて、やけになったというのはどうだ〟

〝そうかもしれません。いずれにしても危ない感じがします〟

〝そうか〟

シレンツィオは、エムアティに尋ねた。

「なにか対策はないだろうか。俺は友人が死ぬのは見過ごせぬ」

「〝さあ？　ある日突然楽になったのよ。魔法も使えるようになった〟」

シレンツィオが黙っていると、エムアティは急に眼(め)の前の霧が晴れたような顔をした。皺(しわ)のなくなった自分の手を見ている。

「〝対策で思い出したわ。父母の世代の人たちが何かをやっていたのをおぼろげながら覚えている〟」

「なんだろう。薬湯かなにかだろうか」

「〝それが、何もしないのよ。苦しかったなあ〟」

足をぶらぶらさせてエムアティは言った。子供のように。

「〝話はそれだけ？〟」

羽妖精のような声でエムアティは言った。音とかではない、もっと根源的な部分が同じ響きだった。今すぐ帰りたくなるような、強制力のこもった響き。

シレンツィオはそれを、表情一つ変えず無視した。

「もう少しだけいいだろうか。何もしないとおっしゃっているが、何かをやっていたとも言っている、できれば何かをやっていた方を思い出してほしい」

「〃そうね……〃」

エムアティは少し考えた。

「〃父が漁を休んで山に行ったのよ。それから帰ってきて、私達は山に移り住んだ。他の土地なら食べられるものがあるかもしれないと、そういう考えだったのかも〃」

周囲の柱から若芽が出て、枝を伸ばし、花を咲かせた。机の上に置いてあった壺(つぼ)の絵柄が特徴的な山の形を描いている。

シレンツィオは周囲に軽く目をやったあと、口を開いた。

「それが、〈ここ〉だろうか」

「〃そう。ここ、ヘキトゥーラよ。もっと上の方に、最初の集落を作ったわ〃」

「しかし、症状は軽くならなかった?」

「〃そうなの。むしろ余計に悪くなった。同じ年代の子供が次々と死んだわ。次は大人。変異に耐えられた者だけが生き延びたわ〃」

壁にいくつか踏みつけたような跡が刻まれる。シレンツィオはこれも無視した。

「北の方へ戻ったりはしなかったのだろうか」

「〝できなかったわ。もうそんなに人数も残ってなかったし〟」

「他に対策はなにかなかったか？」

「〝母が料理を工夫していたわ。ああそう。そうだ〟」

エムアティは下を向くと涙を落とした。

「〝頑張ってはくれていたのよ。なんで私はそんなことすら忘れていたんだろう……〟」

そのままエムアティは黙ってしまった。シレンツィオは頭を下げ、礼を言って立ち去っている。

中庭に面した長い廊下を歩いていると、ボーラが襟から姿を見せた。

〝過去一番佃煮(つくだに)の恐怖を感じました〟

〝そうなのか〟

〝というか、あの状況で話をねだるシレンツィオさんマジシレンツィオさんという感じでした。空気読めないのもあそこまで行くと立派な対魔法魔法ですよ。強制力のある魔法の言葉をちょろく無視してましたもん〟

〝なるほど、ああいうのも魔法なのか〟

〝ええ。意思が入ったエルフの言葉は、それだけで魔法です。部屋がどんどん、変わっていってましたよね〟

〝ああ。それも不思議な話だな〟

〝不思議なのはそうかですませられるシレンツィオさんですが……。エルフの言葉は万能なので馬とも話せますし、見た通り、魔法でもあります〟

〝意思が入っていたからだな〟

シレンツィオはそれだけで話が終わった風。ボーラはそれを追いかけて、シレンツィオの顔の前に出た。

怒っているのか通常より翅の動きが慌ただしい。それで舞った鱗粉が、シレンツィオの顔にあたっている。

〝話は終わってません！　私が言いたいのはその捨鉢な生き方は駄目ってことです〟

〝翅が揺れすぎだ〟

〝なにか問題でも？〟

〝傷つけるかもしれないと思うと頭が撫でられない〟

翅の動きがにわかに弱くなった。というよりも、止まった。落ちそうになるのをシレンツィオが手のひらで支えた。

〝ど、どうぞ〟

シレンツィオが頭を指の先で撫でると、ボーラは心底悔しそうな顔をした。惚れた弱みであった。

〝これくらいで私の怒りが収まると思わないでください！〟

〝怒っていたのか〟

〝せめて話を聞いてください〟

〝別に聞き逃してはないと思うが〟

シレンツィオはいつも通りの表情のまま、自分の手をみた。手のひらに妖精の鱗粉があった。

〝今度はちゃんと聞いてください。重要かもしれない話です〟

〝どうした〟

〝校長の話は嘘ではないと思いますけど、ありえません〟

〝そうなのか〟

〝はい。もし校長の言っていることが本当だったら、北大陸のエルフとは思えない年齢になっているはずです〟

〝そういうことは詮索しないものだ。賢明なアルバ男ならな〟

〝そういうのじゃなくて、話が全部本当なら、エムアティ校長の年齢は数千歳です〟

〝まあ、エルフとはそういうものだと思うが〟

〝秋津洲ならそうです。でも北大陸のエルフの平均からすると一〇倍以上の長生きです。話を鵜呑みにするならルース王国成立から存在していたことになります〟

〝そう言われると凄い気もするな。そんなに生きてどうするのかという気もするが〟

〝長命は羽妖精以外のすべての種族の夢なのでは?〟

〝どうかな〟

シレンツィオは冷淡だった。

〝俺は思うんだが、古代帝国の連中が今も生きていたら、当時と同じように奴隷を狩るために軍隊を組織して、周辺を荒らし回って、農地に塩を撒くようなことをしていたろう〟

〝あー〟

〝昔は女を男の付属物みたいに扱っていたそうだ。略奪婚というのもあったな。そういう先祖がまとめて全部死んでるから、多少世の中はマシになっている。寿命というものはそこまで悪いものじゃない。それは今も、未来でも同じだろう〟

〝んー。言っていることは精霊魔法的に否定できないんですけど、シレンツィオさんやさぐれてませんか〟

〝俺を癒やすんだろう?〟

〝そうですね……〟

ボーラはシレンツィオの顔の前で滞空して、額に触れた。

〝癒やします。だからそれまで死なないでくださいね〟

〝お互いにな〟

〝はい〟

シレンツィオは微笑むと思いついたことを口にした。

〝そうか、エルフの頭が固いという話だが、寿命の問題なのかもな。歳をとると保守的になる〟

〝それもあるかも知れませんね。確かめようがないんですが〟

〝まったくだ〟

〝それで話を戻すんですが、エムアティ校長、変です。異常と言っても良いのでは〟

〝それくらいはさすがの俺にも理解できたぞ。なにせ若返っていたように見えたからな。あれも今回のものと関係があるのかどうか……〟

〝関係あるかもしれませんけど、だとすればますます状況がワケワカランチンになりません？〟

〝そうか〟

〝マイペース!!　シレンツィオさんマイペースですよ〟

〝今度はどういう意味の古代語だ〟

〝オレサマキングダムと同義ですね。他人を気にしてない様子のことです〟

〝なるほど。ちなみに俺はいつでも俺の気に入ったやつのことに気を使ってるぞ〟

〝本気で言ってるところがすごいですよね。シレンツィオさんのこと、大好きなんですけど生きているうちに理解できる気がしません〟

〝理解したら面白くないだろう。これでいい〟

〝そうですね！〟

半ば投げやりにボーラはそう言っている。

シレンツィオは歩きながら、ボーラに読み取れるように考え出した。

〝校長の言うことが本当だとして、過去にも同じことがあったというのは前進だな〟

〝これからみんなの症状が悪くなるかもしれませんよ？〟

〝事前に分かっているだけ、対応も対策も取れる。いい話だ〟

〝前向きですね〟

〝客観的というんだ。アルバではこう言う。医者に見せるから病気になるわけじゃない。医者はすでに体を蝕んでいる病気を見つけただけだと〟

〝心の強いシレンツィオさんなら確かにそうかもしれませんが……〟

〝究極的な対処法は校長が教えてくれている。昔は山から離れられずに大惨事だったが、今はそうではない〟

〝そうか。そうですね。問題はどう組織的に山を降りるか、でしょうか〟

〝エルフの連中は頭が固い。説得する材料を集めなければな〟

そう思いつつ、シレンツィオはエルフの騎士のところへ向かっている。礼儀として事後報告と情報共有をするためである。ところがこれが、物議を醸した。

「校長の話なのだが、若返っているように見えた。こういう症状に覚えはあるだろうか」

シレンツィオがそう言った時のエルフの騎士の反応は残念ながら伝わっていないが、驚天動地、青天の霹靂、古今未曾有の表情だったと思われる。

一笑に付そうにも、笑おうにも笑えなかったのではなかろうか。相手がなにせ真顔のシレンツィオである。冗談と受け取られなかった可能性が高い。

「は、はいー？」

「なるほど、エルフでも珍しいのだな」

「い、いえそれはその……入れ替わったのでは」

「そんな感じでもなかったが」

〝シレンツィオさん、たぶんエルフでも極珍しいか、前例が無いのだと思いますよ？〟

〝そうか。まあ長命ではあっても若返るなんて確かに聞いたこともないからな〟

〝その割に冷静ですね〟

〝廊下でお前と話をしているうちに整理はできた。これ以上は驚くのが面倒くさい〟

〝それを理由に驚かない人を初めて見ましたよ。ちょっと本当に何を母親の腹の中にどれだけを置き忘れて来てるんですか〟

〝これは生まれつきではないぞ〟

〝なおさらです。羽妖精より突飛だと妖精生、苦労すると思いますよ。シレンツィオさん〟

〝俺は人間だ〟

〝なんでだろう、人間のほうがもっと苦労する気がします〟

〝気の所為だ〟

シレンツィオの表情筋が仕事をしていないのを見て、エルフの騎士は顔色を変えて部下を連れてエムアティのところへ向かっている。このときのことは他の文献にも記載があり、ルース王国側というより北大陸全部のエルフは、これをエムアティ失踪事件として扱っている。つまり、エルフの騎士が思い込んだ通り、替え玉に入れ替わったという話になったのである。

他方、シレンツィオが残した文章から、人間側、中でもアルバ国では若返りが起きた、という現象が知られるようになった。この報告は殆ど与太話として扱われたが、数十年に一度真に受けたどこかの国がエルフの国に戦争を起こす遠因になった。若返りは人間の夢だったのである。

閑話休題。

この本では、シレンツィオの記録が全て正しいという形で話を進める。歴史的事実はさておき、シレンツィオの物語としてはそれが適当と思うからである。

それでシレンツィオはエルフの騎士に色々手伝ってほしかったのだが、エルフの騎士のほうがそれどころではなくなってしまった。捕縛対象がいなくなったとあれば責任問題であったのだから当然であろう。挨拶もそこそこに部下を連れて校長の部屋に突撃している。

〝急いでいたのだがな〟

〝そうですねえ。校長の話ですと、このままだと死人がでるという話でしたし。シレンツィオさんが悲しむといけないので対処しましょう〟

〝そうだな。まずはどこから手をつけるか……〟

考え込んでいると、ピセッロがひょっこり姿を見せた。帽子で耳を隠している。何を隠す必要があるのかシレンツィオは気になったが、寒いから帽子をかぶるのかもしれないと思い直した。北国ほど、冬の帽子には気を使う。

「シレンツィオさまっ、食材を買い集めてきました！」

「ありがたい」

シレンツィオは麓の食材で料理を作ると、大層子供たちから喜ばれた。

「これ舌が痺れないよ」

マクアディは嬉しそうである。同室のステファンという子も、大層喜んでいた。

「そうか」

マクアディの反応が優しい嘘でないかをボーラに確認させたあと、シレンツィオは腕を組んだ。

問題は、これらの食材の足の早さである。腐る前に舌が痺れてしまう。

〝シレンツィオさん。せっかく集めてもらった食材ですけど……〟

〝分かっている。汚染される前に使い切ることとしよう〟

シレンツィオはそこで、広く食事の提供をすることとした。閉鎖されている食堂を開け、シレンツィオ一人が厨房に立っている。黒い外套(がいとう)を脱いで白い服に着替えるとエプロンをつけて、白い帽子をかぶると、右手と左手に短剣をもって戦いに臨んでいる。

大忙しである。そのうち、手伝いをするものも出てきた。

「シレンツィオさん、私にも手伝わせてください」

お腹が空きましたと連呼していたエルフリーデが、最初にそう言っている。料理のために前掛けをつけながらの宣言だった。

シレンツィオはエルフリーデの顔をまじまじと見下ろした。

「エルフリーデは大丈夫なのか？　熱が出たりはしてないか？」

「はい。大丈夫です」

「そうか。よかった」

襟がカンフーしているが、シレンツィオは無視している。

「では手伝いを頼む」

「はい。私、がんばりますね」

「恩に着る」

続いて協力を始めたのはマクアディたちである。

「俺もやるよ」

「僕たちもだ」

「ありがたい」

それで六〇〇人分の食事を提供した。この数字、子供たちの手伝いがあったとはいえ、大人一人で作った量としては超人的である。仕込みなしに時間制限付きともなると、一人で五〇人の騎士と戦うより難しい。

食事に困っていた子供たちから大層感謝されつつも、くたくたになって、この日シレンツィオは倒れ込むように寝ている。釣床でなくて床の上で寝たのは、長時間寝るためであろう。ボーラはこんなにボロボロになるまでなんで料理しているんですかとつぶやいたあと、シレンツィオの頬に抱きついて寝ている。

三章

(7)

翌朝になるとシレンツィオはテティスとガットのもとを訪れている。二人にはマクアディたちで安全を確認した食材だけを使って料理を作っているのだが、それでも調子が良いとまでは言えなかった。二人並んで寝台の上にいた。

身を起こす元気はないが、それでもテティスは微笑(ほほえ)んでいる。

「それで六〇〇人分も料理を作ったのですか」

「ああ。大変だった。仕込みがなかったからな」

「なるほど。仕込みというのは事前準備ですよね」

「そういう言い方もできるな」

「私も手伝いましょうか?」

「それは嬉(うれ)しいが、寝ていないでいいのか?」

「また別な女が周囲をうろついているようですので」

シレンツィオは意味がわからない、というよりも、見た目が八歳(さい)の娘にそんな事を言われても、恋愛の話だとは思わない。

そんな様子に、テティスは罪のなさそうな笑顔を向けた。

「おじさまに面倒見ていただいてとても嬉しく、このままずっとと思いはしたのですが」

テティスはガットを見やった。ガットは苦しそうだが、体を動かさないのもまた辛そうではあった。シレンツィオはしばし考えて頷いている。

「そうか」

「お昼にはお手伝いできるようにしますね」

「無理はするな」

「わたくしになにかあれば悲しんでくれますか？」

「当然だ」

「嬉しいです。おじさま」

テティスはシレンツィオが悲しむであろうことを喜んでいた。喜んでいないのはボーラである。

〝すぐ元気にしてあげるから喜んでくださいね〟

〝あらそう？　がんばってくださいね〟

いい笑顔で即座に言い返すテティス。

〝ムカッ〟

テティスはボーラを無視して髪の毛を粗く編んで、シレンツィオにくっつくように歩いている。

そのまま歩いて中庭に出てみれば、エルフの騎士やら兵士たちはエムアティを探して大騒ぎである。参考人として連れて行かれる替え玉というか本人が、シレンツィオをみつけると軽く片目をつぶって見せた。シレンツィオの方はというと、襟がカンフーするわ、抱きつかれた太ももから冷気があがってくるわ、夜に寝小便されるわで大騒ぎである。

〝おじさま？　英雄色を好むといいますけれど、あまり遊びすぎるのはよくありませんよ？〟

〝そうだそうだ！〟

「にゃぁにゃぁ」

「今の状況を考えろ。遊ぶ暇があるなら料理を作っている」

シレンツィオは表情一つ変えずにそう言うと、ほんとかなぁ？　とテティスは小首をかしげた。その姿が可愛らしい。

〝あざとい性悪幼女エルフですよシレンツィオさん！　騙されちゃだめ！〟

〝騙そうとしていたのはあなたでしょう〟

〝それはもう終わってまぁす。残念でしたぁ〟

ボーラはそう言いながらシレンツィオに抱きついてキスしようとした。次の瞬間、テティスが普段の四倍ほどの速度で翅をつかんで遠くに放り投げている。鱗粉が舞い散った。シレンツィオの顔にかかっている。シレンツィオには珍しく、苦そうな顔をした。

テティスは何事もなかったような顔で、にっこり。

「おじさまがいつもわたくしを気にかけてくれていて嬉しいです」

「そうか」

〝おいこらナンジャイ！〟

ボーラがすごい速度で戻ってきた。

〝妖精のラブコメ邪魔すると馬に蹴らせるぞ！〟

〝あら、醜い正体を現しましたね。おじさま。あれが凶悪な羽妖精の素の姿です〟

そこまで言った後でテティスは後ろに倒れようとしてシレンツィオに助けられている。顔が真っ赤であり、熱が出ているのは明白だった。

「おかしいですね。朝は調子が良かったんです。本当ですよ。羽妖精が毒を撒いたのかもしれません」

朝は調子が良かったと、何度もそう言うテティスの頭を撫でて、シレンツィオは抱き上げている。胸部や腹に負担がかかるといけないので、横抱きにしている。

「食事は大丈夫だったのか」

「はい……でも少し」

「少し痺れたか」

「最近は空気でもそうなるので」

シレンツィオの顔が険しくなった。

「そうか。まずは安静にしよう」

〝山から脱出したほうが良くないですか？　シレンツィオさん〟

ボーラが真顔になってそんなことを言っている。シレンツィオは頷いた後、考えている。

〝それも検討せねばなるまい〟

それに反応したのはテティスだった。手を伸ばしてシレンツィオの頬(ほお)に触れている。

「だめです。おじさま、この学校を出たら退学になります。……魔法が使えないエルフだと判断されてしまうんです。事実上貴族としての道が絶たれます」

〝命より大事なことですか、それが〟

ボーラの怒りの思念を、テティスは無視している。

〝私だけではありません。幼年学校も卒業できないのでは、その後のエルフ生はただただ暗いものになります。誰も山を降りようとしないでしょう〟

〝ほんと北大陸のエルフは最低！〟

ボーラは激怒した。シレンツィオは軽く息を吐くと、ではまずは休まないとなと言った。

状況はさらに悪くなりつつある。

もっとも、悪いことばかり、というわけでもなかった。

シレンツィオの疑いが晴れた。とエルフの騎士が伝えに来ている。魔法国家にありがちな話ではあるが、心を読んでみろという言葉は大変な重みがあった。

それと、もう一つ。

吉報を聞いて食堂へ向かったシレンツィオは、彼にしては珍しく、少し笑顔を見せた。

「解放されたか、グァビア」

食堂の前にはエルフの料理人たちがいた。シレンツィオはそれぞれと抱擁を交わして再会を喜んだ。

なお抱擁するのはアルバの文化であり、北大陸のエルフにはそういう文化がない。さぞかし微妙な顔をしていたと思われる。

「どうやら尽力してくれたようじゃないか」

グァビアが心なしか離れながら言った。今はテティスがシレンツィオに抱きつこうとして外套(がいとう)の中から細い手がでてきてこれを拒否している。

シレンツィオは一切を無視した。

「気にするな」

「お前実は劣……古代人の中でも相当凄(すご)い立場なんじゃないか」

「俺が調理法(レシピ)を売ったのは、グァビア、あなたの立場を見たわけではない。人となりを見たんだ」

シレンツィオが言外に、だから俺のことも立場で見てくれるなと伝えた。グァビアは苦笑している。

「そうか……じゃあ、それでいいんだな」

「いいとも」

〝シレンツィオさん、私にはめったに笑顔を見せないのになんで笑顔を見せてるんですか！　しかも相手は男の人ですよ〟

〝性別がここで関係あるのか〟

まあいい。シレンツィオはそう考えたあと、グァビアたちに話しかけている。

「解放されたところ申し訳ないが、子供たちが困っている。調理を頼みたい」

「もちろんだ」

「安全性が高そうな食材は調べてあるが、なぜかとても足が早い。見た目で良し悪しを判断するのではなく、帳面を付けて厳密に日数を判断してくれ」

「分かった。腕によりをかけるぜ」

おおっ、と他の料理人たちも声をあげた。シレンツィオは頷くと、頼むと頭を下げている。

否が応でも、料理人たちの士気はあがった。

〝これで暇ができたな〟

〝そうですね。ようやく休めます〟

〝休んでいていいぞ〟

〝え、シレンツィオさん、まだ何かするんですか？〟

ボーラのテレパスに、シレンツィオは眉一つ動かさない。

〝ボーラは此処から先どうなると思う？〟

〝料理人さんたちが解放されたんですから、エルフも食中毒ではないと思い始めたんじゃないでしょうか〟

〝そうだな〟

〝ならもう、エルフに任せればいいじゃないですか。シレンツィオさん今回もいい仕事したと思いますよ。また報奨金がもらえるかもしれませんね？〟

〝俺はエルフという種族と戦争をしたことがある〟

〝はぁ、知っていますけど何か？〟

ついでに言えばその腕を見込んで勧誘に来ましたが？　という顔でボーラは思念を飛ばしている。

〝エルフという種族にはその長い寿命のせいか、問題があってな〟

〝どんな問題ですか？〟

〝連中、都合が悪くなってもやり方を変えない。変えるのが極端に遅い。自分たちのやり方に自信がありすぎるのか、それとも別の何かがあるのかは分からんが、明らかに非効率になった戦術でもそのまま強行する悪癖がある。優れた魔法の力を持つことと、戦術に柔軟性があることは同じ頭脳の働きといえども、どうも別らしい。エルフと人間はなまじ混血可能だから同じように考えると思われがちだが、思考の部分までやはり別の種族だ〟

〝ほぇー。大軍師が聞いたら興味深いですねとか言って大変に喜びそうな話ですけど……〟

〝今回の場合でいうと、おそらく対応を変えてくるまでに年単位でかかる。エルフの年の数え方でな〟

〝え。ええ……つまり我々の年の数え方だと最短四年とか？　正気ですか〟

〝エルフの海軍だけがおかしいということもあるまい〟

しばし、間があった。羽妖精は唸っている。

〝うーん。まあでも、たしかに秋津洲のエルフ様ならそうかもって感じがありますね。鉄砲に全然対応できてませんでしたし〟

〝そうか〟

〝じゃ、じゃあシレンツィオさんが対応するってわけですね？〟

〝テティスやガットにまずいものは食わせられん〟

〝シレンツィオさんらしい動機ですね。心優しいシレンツィオさんが好きです。分かりました！　ボーラ、ついていきます〟

〝それは嬉しい〟

〝表情筋が仕事してませんよ？　いいですけど〟

ボーラはくすくすと笑ったあと、不意に独り言を喋りだした。

「あー。なんでこんな人好きになったんだろうなあ。私、好きになるなら背が釣り合ってシュッとして魔法が得意で元気いっぱいの妖精に恋するだろうと思っていたんですけどね」

そう言いながら、テレパスでは好きです。シレンツィオさんを連呼している。

「まさか全部予想と違うとは思ってもいませんでした。なんか怖いし魔法使えないし、都合よく耳が悪くなるし、おまけに人間なんですから」

〝それで？〟

〝大好きです。ちゅーしてもいいですか？〟

〝いいぞ〟

〝べ、ベロちゅーでも？〟

〝それが何かはよく分からんが、いいぞ〟

数秒のあと、ボーラは野太い声でよっしゃあとか言っている。可愛らしくないことこの上ないが、本妖精は幸せそうであった。そういうこともあろう。

シレンツィオは気にした風でもない。口づけが挨拶の国なのだから致し方ない。

ともあれ、再び調べ始めることにした。事件解決まではお預けである。

〝エムアティ校長は、俺に手がかりをくれたと思う〟

〝え、そうですか？　私から見るとなんというか、壊れたと言うか、上のエルフになっちゃった感があるんですけど〟

〝それでも、だ。昔似たような症状があったことを教えてくれた〟

シレンツィオは外套の中に入れている日記の表紙を見る。

〝おそらく重要な情報が、この中にあるはずだ〟

〝どうでしょうねえ。見てもいいとは言っていましたけど……それが手がかりになるなんて一言も言ってませんでしたよ〟

〝溺れているときは藁にもすがるものだ。まして俺は魔法に詳しくもなく、病気の専門家でもないのだからな〟

〝……そうですね。昔にはあったかもしれない対処を、日記から調べてみるしかないですね……確かに〟

〝読む時間がかかる。それをどうするかだな〟

〝それなら私が読みましょうか？〟

〝できるのか〟

〝リードタイムは全知的種族の中でぶっちぎりですよ。お任せください〟

〝助かる〟

〝三時間で全部読みます。重要そうな部分を書き出しますね。私たちは、記憶力が全然ないので〟

羽妖精は脳が小さい上に飛翔能力を維持するために脳の多くの部分を飛行演算に回している。このため記憶力が人間と比べると著しく劣った。良く猫と比較されるほどである。

〝わかった。俺は貴族料理を試してみようと思う〟

〝北大陸のエルフのですか？〟

〝ああ。冷めた料理の理由は、もしかしたら過去の対策かもしれん〟

〝なるほど。エルフが変わりたがらないのと、歴史と伝統、それらがこの山の食中毒対策なら、何かあるかもしれませんね。食に関する部分だけ抜き出しましょうか。それなら一五分でできます〟

〝早いな〟

〝抜けはありません。羽妖精を信じてくださいとは言いにくいですが、ボーラを信じてください〟

〝それについては疑ったことはない〟

〝はい〟

部屋に戻ると、早速の読書である。シレンツィオが懐から出した数冊の本を、ボーラは目を見開いて数秒で一頁（ページ）を読み込んでいる。

〝これが生体ＯＣＲの術……！〟

〝意味は分からんが心強い〟

シレンツィオが蕎麦粥（そばがゆ）を作るかと考えていると、ボーラが顔をあげた。

〝ありました。冷たい料理が出るようになったのと、体調が良くなるのは、ある程度の因果関係がありそうです〟

〝そうか。粥はどうだ。粥だけは温かいものだそうだが〟

〝エムアティさんは冷たい粥を食べてますね。あと、冷たいのは死ぬほどまずい、とも〟

〝冷めた粥はそうだろうな。そもそも消化に悪い。この部分だけ変わってしまった可能性もあるか〟

〝待ってください。二冊目の最後の方でひきわり粥は温かくても舌が痺れないとか言っています〟

シレンツィオは少しばかり考えた後、ボーラに向かって思念している。

〝俺が挽いた蕎麦だけは舌が痺れないと言われていた〟

〝そうですね〟

〝温かい粥についてだが、テティスはひきわり粥だと言っていた〟

〝はい。そうですね。私もその場にいました〟

〝二つの共通点は実を細かくしてあることだ。もしかしたら実を細かくすることで一時的に毒が抜けるのかもしれない〟

ボーラはしばらく動きを止めた後、シレンツィオの瞳に自分の姿を映した。

〝……にわかには信じられない仮説ですね。それで毒が抜けるならだれも苦労はしません〟

〝食中毒ならな〟

〝なる、ほど〟

〝試す価値はあるだろう〟

〝そうですね〟

シレンツィオは頷いた。

〝それはそれとして、エムアティ校長の父が山に入ったと言っていた。そのあたりを調べてくれんか〟

〝分かりました。すぐに〟

シレンツィオは肩を回すと、パスタを作ることにした。蕎麦のパスタである。冷製パスタ自体は昔から夏の料理にあるので、それを蕎麦を使って再現するのである。

まずは、粉を挽く。一度粉にしても時間で毒のような症状を示すので、挽きたてにする。思えば手作りパスタのときも、無事に食えはしたのだった。蕎麦を一心不乱に粉挽きする。

蕎麦自体は固まりにくいので、小麦と混ぜて生地を作る。パスタは卵を入れるのだが、それをせずに水を入れた。それではまとまらないので、まとめるためにパスタとしては例外的に塩を入れる。打ち粉をふるいながらのし棒で伸ばし、切る。

シレンツィオは熟考した後、細長いパスタに成形している。あまりかまずに飲み込めるように、という配慮である。これまで口の中が熱いとは聞いていたが、腹が熱いとか、痛いという話はなかったための工夫であった。

〝漂着したエルフは、小麦なんて手に入らなかったろうから、全部蕎麦の方がよかったかもしれんが……まあ、ものは試しだ〟

成形した蕎麦のパスタを茹でる。パスタであるので当然大量の塩が入っているのだが、これは失敗であった。生地の塩分に加えて思いの外蕎麦が塩を吸着して、塩気の強いものになってしまった。塩気が前に出る料理を嫌がるのがアルバ風であるから、これは失敗であった。

シレンツィオは表情一つ変えずに作り直している。冷静沈着で失敗に対してすぐ対応する。思えば料理はシレンツィオにうってつけの仕事であった。

今度は塩を減らし、お湯で茹で上げる。水にさらしてよく洗い、ザルの上に置いた。皿だと麺から出た水気によってパスタの状態が悪くなる。

吸着しやすい特徴からシレンツィオはパスタソースを食べる直前に必要な分だけ付ける方式とした。

これが本邦の食文化にも強い影響を与えた蕎麦のパスタである。本邦ではあまりに流行しすぎて蕎麦と言えばこの形態を指すようになった。

シレンツィオは合わせて魚の出汁と醤油でつけ汁を作っている。

〝できた……が、問題だな〟

調べましたーと思念を飛ばしながらボーラが飛んできた。シレンツィオの肩に止まる。

〝何が問題なんですか？　美味しそうですけど〟

〝食べるときに音がでる〟

〝あー。まあでも、仕方ないですよ。非常時ですし、作っちゃいましたし、食べてもらいましょうよ〟

〝仕方ないか〟

それで料理を食べさせることにした。今回もマクアディが実験役になるはずだったが、試作などに時間を取られて直接テティスに出すことになった。ガットも一緒である。

「おじさま……これはあの」

「貴族料理を参考にしているが大丈夫、とは思う。まあ一口食べてみてくれ。だめならまた別の手を考える」

テティスはガットと顔を見合わせたあと、短剣にパスタを巻き付けて食べた。ちなみにこの食べ方は逆輸入されてアルバでの長いパスタの一般的な食べ方になった。短剣がフォークに変わっただけで、今も同様である。

テティスは何か言いたそうな顔をしているが、食べている最中である。シレンツィオはテティスの頭を撫でて微笑んだ。

「落ち着いてからでいい」

テティスは上目遣いの顔で咀嚼した後、微笑みを浮かべた。

「不思議と美味しいです。おじさま。これなら毎日でも食べられます」

「それは良かった」

「にゃーもすぅです」

「そうか」

シレンツィオはガットの頭も撫でている。

「このパスタの作り方をすぐに厨房に伝えて大量生産に入る」

〝山から降りればいいだけなのに、シレンツィオさん甘いですねえ〟

〝邪悪な羽妖精と違っておじさまは心優しいのです〟

テティスはテレパスでそう言った。食べている最中なので口を使えなかったのである。

〝でも、困りましたね〟

テティスはそう言って微笑んだ。

〝どうした〟

〝羽妖精ではないですが、おじさまを独占したくなります〟

〝とっくの昔にその準備を進めているようなんですが、何言ってるんでしょうね。この性悪エルフは〟

〝そんなことはしていませんからね、おじさま〟

〝そうか〟

〝でもわたくしがついていくのはいいですよね〟

〝それが準備いうとるんじゃい!!〟

羽妖精はそう思念を爆発させたが、どことなく心配そうなのはテティスにもシレンツィオにも伝わっていた。テティスは笑って、大丈夫ですと言った。

「実家で出ていた料理も、今なら美味しく食べることができるのでしょうか」

「そこのところは分からんが、歴史と伝統というところで助かった。テティスの祖先たちに感謝だな」

「実家はあまりいい思い出がないところですけれど、そう言ってくださるのは嬉しいです。おじさま」

　シレンツィオは頷いて、次の仕事に取り掛かっている。

〝当面の対応はできた。次だ〟

〝抜本的な対処も狙っているんですね〟

〝当然だろう〟

〝そうですね、シレンツィオさんならそう言うと思います〟

　シレンツィオが言葉を待っていると、ボーラは顔の横に飛んだ。

〝さっき日記から調べたことを教えますね。結論から言うと、よく分かりませんでした〟

〝そうか〟

〝校長の父が山に入ったことと、病気の快復に関連性はあるような感じなんですが、どこにも書いてないんです。暗号も疑ってみたんですが、その可能性も低いと思います〟

〝山になにかがある、だけしか分からんか……〟

〝雲を掴むような話です〟

〝そうだな。実際、校長の父君もそういう気分で山に分け入ったのだろう〟

　そこまで考えてシレンツィオは間を置いた。

〝校長の父君の気持ちになって、山の中に入ってみるか〟

〝雲を掴むよりは多少マシな気がしますね〟

〝そうだな〟

その前に、蕎麦のパスタの作り方伝授である。シレンツィオは金を取らずに伝えて蕎麦のパスタを量産、食堂を再開させた。

シレンツィオの狙い通り、挽きたてに限っては、味の異変や口内の熱さを完全に抑え込むことに成功している。

このため食堂は低学年の子供たちによって瞬く間にいっぱいになったと伝えられている。シレンツィオの心意気を買ってか、この蕎麦のパスタの作り方は広く伝授され、ルース王国が滅んだ後は世界中に広がっている。料理人たちが他国へ散っていったためである。本邦にも江戸の時代に伝えられ、今や国民食となっている。

しかしシレンツィオは、食堂で皆が蕎麦のパスタを食べている現場を見ていない。一人、正確には羽妖精を連れて一人と一妖精で、山の中に分け入っているからである。

（8）

春先のヘキトゥ山は雪解けの真っ最中である。足元は濡れ、岩場になると大層危なかった。植物も盛んに生えている。

〝ゴゴミがありますねぇ〟

〝あれは本来雪が融けたあとの草だ〟

〝なるほど。異常繁殖だったんですね〟

〝ああ〟

〝魔法かもしれませんね〟

〝そうだな〟

しばらく会話が途絶えた。急にできた雪解け水の小川を飛び越えるために集中せざるをえなかったためである。

〝思うに、娘に何かを食べさせたかったのではないか〟

歩きながらシレンツィオはそんなことを伝えている。

〝そうですね。薬を探すなら、薬売りだったというお母さんを連れて行っているでしょうし〟

〝そうだ。適当な野草を取って渡した可能性もあるが、俺はそうではないと思う。何か栄養をとってほしいと思っていたはずだ〟

〝そうですねえ。そもそもこの季節では……山菜だけですよね〟

〝秋津洲から流されて来た人物だ。植生が違うのに苦労しているはずだ〟

〝秋津洲にもコゴミとかはありましたよ？〟

〝コゴミ以外はどうだ〟

〝アスパラガスは見たことがないです。シレンツィオさんが言う火炎草はありました。それ以外はないと思います〟

〝そうか〟

〝あとペンペン草〟

〝それもあったな〟

シレンツィオは歩きながらついでのように山菜を集めている。

〝シレンツィオさん、山菜は粉にできないから駄目なんじゃないんですか？　かなり最初からガットちゃんと性悪幼女、痛いとか言ってましたよね〟

〝ああ。だがこれは食わせるために取っているんじゃない。昔、娘のために歩いた漁師の足跡を探るための行動だ〟

シレンツィオは雪の積もった斜面で立ち止まって、少し考える。

〝そうだな。娘に山菜を食べさせようにも汚染されているはずだ。じゃあどうした。何を食わせようとした？〟

〝カモシカの肉とかどうでしょう〟

〝流れ着いた漁師が捕れるような生き物ではない。だがまあ、そうだな。そうか〟

シレンツィオは、山の中で海を思い出した。

〝魚なら、獲れると思ったんじゃないか〟

〝なるほど。漁師が山で漁をする。言葉は変ですけど、確かにありそうですね。カモシカさんよりは取りやすいでしょうし〟

〝ああ。すると水場に向かう。川下は別の村が独占しているだろう。必然、行く先は〟

シレンツィオは実際に水源に向かって歩いている。

〝シレンツィオさん、このままでは壊した遺跡の方に行ってしまいますよ〟

〝水が流れて谷を作るのだから、道理だな。ふむ。行ってみよう〟

シレンツィオは歩いて向かっている。

ゆっくりと踏みしめるように歩き、そのまま谷に入った。遠くで水の音が聞こえる。

〝流量が少ないから凍ったと思っていたが、まだ水が流れているんだな〟

〝本当ですね。こんなに寒いのに〟

シレンツィオとボーラは顔を見合わせた。

〝熱源があると推定します〟

〝そうなるな。何が出るか〟

〝休眠とはいえ、火山ですから。温泉かなにかがある可能性はあります〟

〝俺はそう思わん〟

〝そうですね……〟

ボーラもそう思っていたが、認めたくはないようであった。

温泉特有の臭いがなく、植生も変化していない。温泉の近くに生える植物は、他と違うはずだが
それもないのである。

〝魔法陣が残っている……はずはないんですけど〟

〝事実は事実だ〟

〝はい〟

シレンツィオは表情を一切変えずに思念を飛ばした。

〝ところで聞きたいことがあるのだが〟

〝私は一夫多妻制に断固反対しています。どうぞ〟

〝そうか〟

〝なんでいつもと同じ反応なんですか！〟

〝俺の国も一夫一婦制だぞ〟

〝えぇ……〟

心底困惑した感じのボーラの心境を無視して、シレンツィオは質問を始めている。

〝お前の翅から鱗粉が出ていた〟

〝出ますね。たまに。汚くはないですからね。一応言っておきますけど〟

〝あの鱗粉の正体はなんだ？〟

〝はい？〟

〝鱗粉の正体だ〟

ボーラはしばらく動きを止めた。というよりも、考えることに注力した。お陰で飛べなくなって、落ちるところをシレンツィオに拾われている。

〝えーと〟

さらにしばらく考えて、シレンツィオの顔を見ている。

〝ものすごくスットコドッコイな質問のような気もしますが、シレンツィオさんは真面目に質問しているのは分かります〟

〝俺はいつでも真面目だ〟

〝真面目に脱線したり道草くったり遊んだりしてますね、それはさておき……〟

ボーラはうなっている。

〝私の知る限り、鱗粉は鱗粉です。正体もなにもって感じです。見たままですよ。でもそれでは期待した答えではないんですよね〟

〝そうだ〟

〝もう少し、何を知りたいのか教えてくれませんか。正体と言われてもですね、とんと見当がつかないんです〟

〝鱗粉が口に入ったが、苦く、口の中が熱くなった。これはあれじゃないのか〟

しばし、間があった。

〝えーと、口に入ってたのならすみません〟

〝それはどうでもいい〟

〝そのうえで話をしますけど!! 私の鱗粉が苦いのと、食中毒もどきは関係ないと思います！ 私、食材に鱗粉ばらまいたりしてません。本当ですよ！〟

〝疑っていない。俺が言いたいのは、やはり魔力には味があるんじゃないか？〟

〝えー〟

〝鱗粉は魔力の塊である可能性がある。どうだ〟

〝どうだと言われましても……ええと〟

ボーラは頭の中で色々考えた。顔をあげてシレンツィオを見上げる。

〝まあたしかに常時飛翔魔法が掛かっているマジックアイテムみたいなものですから、ありえるかというとありえるのかなあ……でもそんな突拍子もないこと考えた人なんてシレンツィオさん以外にいませんよ。絶対〟

〝他人のことは気にしていない〟

〝ですよね。うーん。あ。でもシレンツィオさん。その考えは間違っているかもしれません。だって〟

ボーラはシレンツィオの顔を眺めている。

〝シレンツィオさん、元から苦いとか熱いとかわからないとか言ってたでしょ？〟

〝それが昨日ぐらいから分かるようになった〟

〝ちょ〟

〝まだ元気なほうだ。心配はいらん。それで、ここにきてなんとなく分かるようになったんだが〟

〝それが私の鱗粉と同じ味だったと〟

〝そうだ〟

〝なるほど。分かりました。でも私の探知魔法で把握できる範囲では羽妖精なんか住んでいませんよ？〟

〝その範囲はどれくらいの範囲だ？〟

〝この山全部くらいです。麓の村まで届きます〟

〝なるほど〟

シレンツィオは、あまり残念そうではない。

〝元々羽妖精を疑ったりはしていない。魔力に味がある。それが一番重要だ〟

〝そうなんですか〟

〝ああ。授業のときから、不思議に思ってはいたのだ。魔力は血に宿る、というのなら、魔法陣を起動させたという裏庭の土はなんなのかと〟

〝あー〟

〝おそらく生命がどうこうは、実は関係ない。あらゆるものに魔力は含まれる〟

〝じゃあどうして……〟

〝おそらく、砕く以外には魔法によってしか魔力は抽出、排出できないんだろう。食い物の中に魔力は含まれている〟

〝生物濃縮!?　え、魔力が生物濃縮されるなんて業界がひっくり返りますよシレンツィオさん〟

〝業界がなにかはしらんが、ひっくり返るのは後だ。今は時間が惜しい〟

〝はい〟

ボーラは空中正座している。

〝お話を聞かせてください〟

〝ああ。仮に食い物を通して体内に濃縮されるとしてだ、それが急激に増えたら、今の病気のような症状になり得るんじゃないかと疑っている〟

〝なる、ほど〟

ボーラは長考した後、頷(うなず)いた。

〝それなら魔力の低い幼い子供ほど体調を崩すというのは分かります。魔力の塊とも言える私には効果がないのも。でも、シレンツィオさんはどうなんです？　シレンツィオさんには魔力がないはず。その理屈で言えば、だったら最初に倒れるのはシレンツィオさんのはずです〟

〝これは想像だが、魔力を感じられるくらいに魔力を体内に入れてはじめて、魔力の味が分かるんじゃないのか〟

〝あー。花粉症みたいなものですか。なるほど。精霊魔法的に正しい気はします〟

〝花粉症というものは分からんが、そういうものがあるんだな〟

〝はい。羽妖精の職業病ですね。田舎だと花の蜜を集めて生活しているので〟

〝そうか。ともあれ、原因はわかった。後はそれをどうするか、だな〟

〝校長の日記が本当だと仮定すると、体内に大量の魔力を濃縮するのは身体に害になりそうです。命に関わる可能性があります〟

〝そうだな。そして校長はこうも言っていた、ある日魔法が使えるようになったと。あれは本当にそうだったのかもしれん〟

〝比喩ではなく、ですか〟

〝トンボの大島の魔法と教育法や魔法の体系が大きく違うのは、それが原因じゃないか？〟

〝あー。え。じゃあ北大陸のエルフは最初魔法を使えなかったと？〟

〝それどころかエルフですらなかった可能性はあるな〟

〝う、うわー〟

〝どうした〟

〝いえ、姿形を変えられる魔法や美容の魔法がある以上、確かにそうだと思っただけです。魔法で変化した生き物が子孫を残し得るのはピポグリフやグリフォンで証明されてますから〟

〝北大陸のエルフの自称は人間だった〟

〝……ですね。全部が繋がった気がします。そうか……〟

ボーラはしばらく考えた後、テレパスを送っている。

〝魔法に対する無知と乱用の原因は分かりました。だからといってしでかしたことは変わりませんが〟

〝今はどうテティスたちを救うかだ〟

〝はい。大人は子供に比較して体積が大きい分、魔力貯蔵の魔法の許容量が増えて、また魔力を消費する魔法を使うのでどうにかなっているのだと思います〟

〝子供でも魔力貯蔵の量を増やすか、魔力を消費すればあるいは、ということだな〟

〝はい。でもそれは、世界の寿命を短くしてしまいます〟

〝そうだろうな〟

〝やっぱり皆を連れて山を降りません？〟

〝駄目だろう。もう一つ重要なことがある〟

〝この上ですか？　な……んでしょう〟

〝俺が壊した谷の魔法陣には、やはり意味があった。谷から溢(あふ)れ出る魔力を消費させて、子供たちを守っていたんだろう〟

シレンツィオの思考からしばし、間があった。ボーラは驚いた顔をした後、長い長いため息をついている。

〝私は間違っていました。シレンツィオさんが学者にならなくて本当に良かったと思います。学者になっていたら、古代文明を復興させて人間が覇権を握っていたでしょうし、その後大戦争して世界が滅んでいたと思います〟

〝そうか。俺には特に興味のない未来だな。それは〟

〝実にシレンツィオさんらしい言葉で安心しました。そしてシレンツィオさんをイントラシアに連れていくのも難しくなりましたね〟

〝どういうことだ〟

〝ガーディさまがその考えを知ったら、未来がどうなるか羽妖精でも分かりません。九割くらいの確率でこの世界を滅ぼすかも〟

〝九割の確率はどうなるかわからないの範疇(はんちゅう)なのか〟

〝羽妖精は計算にうるさいんです。んーでも、残りの一割はこの世界以外も巻き込んで盛大に滅ぼすパターンかなあ。シレンツィオさんがちょろく言っていることは、それくらい重要な話なんです〟

〝そうか〟

〝その塩対応が今は世界に優しい気がします。誰かに伝えて……駄目かな。駄目だ。高い確率でガーディさまは気づいてしまう……。一羽の羽妖精が抱えるには大きすぎる知識ですよ、これは〟

〝お前だけじゃないだろう。俺もいる〟

〝なるほど。シレンツィオさんが何の役に立つかはともかく、心強い気はします。それに……そうですね〟

〝なんだ？〟

〝イントラシアに帰らないでシレンツィオさんの専属羽妖精になるいい理由ができました〟

〝それは俺にとっても嬉しい話だな〟

〝えへへ〟

シレンツィオは苦笑した後、さあ、それでは鬼が出るか、蛇がでるかと口にして、奥地へ進んでいる。

〝シレンツィオさん、なんだか私の口の中も熱くなってきたような……〟

シレンツィオは自分の右腕から古傷がなくなっていくのを眺めた。耳の先がかゆい。

〝急がないといけないな〟

〝はい。何があるのか……〟

〝ろくでもないものであろうことは間違いないな。悪魔が探していたものと、同じだろう〟

シレンツィオは道中の木々が女体に変わっているのを見た。それらがすべて同じ言葉を繰り返している。

〝ヤオト、でしょうかそれともヤルダ？オト〟

〝ドライアドだな。エコーかもしれんが。いずれにせよ陸のスキュラと同じようなものだ。耳を貸すな〟

〝はい〟

ボーラは襟の中に入ってシレンツィオに抱きつき、目と耳を塞いでいる。耳を貸すなと言う一言で本当に無視できるシレンツィオの精神は、一体どんな構造であろうか。ボーラはシレンツィオのことを考えている間だけは自分が正気を保っていると自覚して、思う存分シレンツィオさん大好きですを連呼している。

他方シレンツィオはどうかというと、まったくの無表情、いつも通りであった。ボーラが見たらさぞかし傷ついた顔をしたであろうが、シレンツィオとしては見せる相手がいないのだから表情を作るのが面倒くさいのだった。

踏みつける地面の草が人面になり、ドライアドと同じことを喋(しゃべ)りだす。石も、岩も、そこから人の姿を見せようとしていた。

シレンツィオが向かったのは、魔法陣のあった倒壊した建物である。傷をつけた魔法陣を割って、

〈それ〉はゆっくりと湧き出てくるようであった。

すでに建物の周辺は変質しきっており、建物を中心としてすべての生物、無生物が人の姿をとっており、さながら壮大な宮殿の中に迷い込んだようであった。

〝なんだあれは〟

〈それ〉は油滴のようであり、七色に輝く霧でもあった。ゆるやかに意思あるかのように近寄ってくる。親玉は人型でないのかと、シレンツィオは妙な感想を持っている。

〝ボーラ、あれは何かわかるか〟

ボーラが襟から顔を出した。奇っ怪な〈それ〉を見て、慌てて自分の腕を押さえる。腕が伸びているのを自覚したようだった。

〝分かりませんが、でも、分かります〟

〝どういうことだ〟

〝いつものクセで魔法探知を掛けたら、眼（め）の前のあれが聞き届けた感覚があるんです〟

〝ほう〟

シレンツィオは〈それ〉から目を離さず、距離を取りながら口を開いた。

〝つまりはあれが、精霊というわけだな。実は目に見えるものだったのか〟

〝可視化された魔力の塊にも見えます。いえ、たぶんそうなんでしょう〟

ボーラはそこまで言って、透き通った翅（はね）を震わせた。

〝ど、どうしましょう、シレンツィオさん。これを羽妖精や人間がどうにかできるとは到底思えないんですけど〟

〝そうか？〟

〝怖いレベルの冷静さ！〟

〝色々置かせてくれた母親に感謝せねばならんな〟

〝いやでも、でもでも、どうするんですかシレンツィオさん、お得意の短剣なんか絶対通じませんよ！〟

〝戦いに来たわけじゃないだろう〟

〝そうですけど！　展開的にラスボスですよこれ！〟

〝それが何かはしらないが、一つ分かっていることはある〟

シレンツィオは息を吸って、口を開いた。

「〝すまないが、ここから離れてくれ〟」

シレンツィオが意思を込めて言うと、聞き届けられた感覚があった。シレンツィオの口の端がはっきりわかるほど笑っている。

すると、〈それ〉はゆっくりと動き出した。

浮かび上がり、少しずつ高く、最後には速く。天に昇っていったと思ったら、唐突に消えた。

シレンツィオはボーラに思念を飛ばした。

〝言葉が通じるんだ。願いを聞いてくれる存在でもある。だったら短剣なんかいらんだろう〟

ボーラは飛ぶのも忘れてシレンツィオを見上げたあと、彼の手の上で口を開いた。

「す、末永くよろしくお願いします……」

なんでそうなる、とはシレンツィオは言わなかった。ただ、ああ、と答えている。

歴史的補講

シレンツィオは山都へキトゥーラに戻ってこなかった。

しかし食中毒もどきの問題はこの日を境に急速に良くなり、平穏が戻ってきた。

多くのエルフたちはシレンツィオを探したが、四年ほどの後、捜索を打ち切ってしまっている。


彼がすべての問題を解決したのだ。

そう主張する者もいる。ピセッロや、ガットなどの獣人、エルフではマクアディとテティスがそれにあたる。

問題を解決したとまでは信じていないが、問題を解決するために動いたと信じる者もいる。

エルフリーデやグァビア、エルフの騎士などがこれにあたる。

それ以外の大部分の者は、蕎麦(そば)、うまぁ。であった。大部分のエルフにとって、本件は大きな事件になる前に解決したものであり、喉元すぎれば熱さも忘れるの言葉がここから生まれた通り、シレンツィオを、忘れていった。


テティスの心中やいかがであったろうか。幼い頃の鮮烈な体験と喪失は、ひどく心に傷跡を残したはずである。あるいは彼女は、ガットと一緒に何度も山の中に入ったのかもしれない。

エムアティの消息は、不明である。一方で替え玉とされた少女が、数日で解放されたことまでは分かっている。その先には記録がない。

記録に残るエルフの国でのシレンツィオは、これにて終わった。

ここから先はアルバ国の資料に頼らなければならない。

(9)

山を降りようとしたところで、空が薄暗いことに気づいた。もう夕刻である。

これから、気温が一気に下がりはじめる。

〝ずいぶん遅くまでかかったようですね。シレンツィオさん〟

ボーラは周囲を見ながら言った。気づけば時間が経(た)っていた、というやつだ。

〝そういうこともある。野宿するか〟

〝わーい。でも大丈夫ですか。万事適当な羽妖精はともかく、シレンツィオさんだと凍死とかしてしまうんじゃ〟

〝そうならんようにしないといけない〟

そのための、早めの野宿決断である。シレンツィオが風雨を避けるために、選んだのは船の材料にいいなと言っていた、巨木であった。見た目は立派だが中が腐っているのを思い出し、ここで一夜を過ごそうというのである。

まずは、生乾きの枝やら草やらを集めては火をつけて、巨木の中を燻(いぶ)す。これをしないと木に巣食う大小さまざまな虫に刺されたり噛(か)まれたりする。

〝煙いですね〟

〝仕方ない。虫に刺されるよりはいい〟

〝私は刺したりしませんよ？　良かったですね！〟

〝まったくだな〟

軽口を思い合って黒い外套に包まり、入口に蓋をして寝るのである。体温を下げないためには密封した場所が一番であり、さらに言えば狭ければ狭いほど、室温維持に必要な熱量は減った。

ちなみに焚き火はしない。危ないからである。乾燥が足りない生木などが爆ぜることがままあるからだ。

〝寝て起きたら凍死していたとか、ないようにしてくださいね。シレンツィオさん〟

〝そもそも寝ない。寝ると体温が下がる〟

〝じゃあ夜通し、おしゃべりしましょうね。恋人みたいに〟

〝それもいいが酒もあるぞ〟

〝いいですねえ。飲みましょう、飲みましょう。あ、でもあの麦酒じゃないでしょうね？〟

〝好きではないか〟

〝料理にはいいと思うんですけど……〟

〝そうか。とはいえ代わりはないぞ〟

〝仕方ないですよね……〟

ボーラはそう言って肩を落とした後、顔をあげた。

〝でもせっかくのお祝いですから、元気に行きましょう〟

〝そうなるかな〟

〝そうですよー。魔力汚染ともいうべき現象は改善すると思いますから、大勝利です〟

〝そうか〟

酒を入れているのは小さな木樽(きだる)である。重くて不便なのだが、シレンツィオは革袋に懲りたらしくて木樽に酒を入れて持ち運んでいた。

〝量が少ない〟

〝漏れてたんですかねえ〟

〝困ったものだ〟

飲む。一人と一妖精は同時に顔をしかめている。

〝酢だな〟

〝酢ですね〟

とは言え酢としてみれば味は中々のものだった。濃縮された麦の味と木樽の味がないまぜになり、樹の実のような香りがする。

〝これで酒だったらよかったんだが〟

〝そうですねえ。シレンツィオさん、これ、精霊になにか頼んだんじゃないですか？〟

〝そうかもしれん。なにしろ俺は、革袋の水は嫌だとか、そういうことを思っていた〟

〝余裕ですねシレンツィオさん。私は今回、もう駄目だと何度も思いました〟

〝そうなのか〟

〝はい。そもそも戦うしかないと思ってもいたので〟

〝なるほどな〟

〝シレンツィオさんはなんで戦わないでいけると思ったんですか？〟

〝船乗りの格言だ。霧と戦うな、と言う。不思議なものでな。海なのに、なぜだか霧がでたあとは座礁する可能性が高くなる〟

〝水深と霧の発生条件に関係でもあるんですかねえ。それとも精霊が海の上にもいるとか〟

〝さてな。まあ、形のないものと戦うのは無意味だという教訓めいた話なのかもしれん〟

そう言いながらシレンツィオはそっと短剣を取り出した。戦闘用の短剣だった。

〝は？〟

〝誰か近づいてくる〟

〝どうしたんです？〟

ボーラは慌てて探知魔法を使っている。

〝ほんとだ。シレンツィオさん、一人近づいてきてます。あ、でもこれは〟

「〝こんばんは、シレンツィオくん〟」

〝エムアティ校長、だろうか〟

〝シレンツィオさん、口、口！〟

「エムアティ校長だろうか」

シレンツィオが問うと、外から声が聞こえてきた。

「〝言い直さないでもいいけれど、口を使うのは習慣化したほうがいいわよ。うっかりするとそのうち呼吸も忘れてしまうから〟」

〝なるほど〟

「〝約束、覚えている？〟」

〝もちろんだ〟

「〝じゃあ、開けて？〟」

「ああ」

もちろんだと言ってシレンツィオは短剣を派手に突き出している。蓋の向こうにいた何かが後ろに飛びのいて哄笑した。

「〝酷いじゃない！〟」

シレンツィオが見たものは、背中に透き通った翅を持ったエルフのようなものであった。美しいが、どこか傲慢さと冷酷さを感じる姿である。美しさに目が行くが、次に気づいたのは遠近感が狂うほど大きいことだった。一〇ｍほどもあろうか。それが笑うたびに、周囲の植物が捩じ曲がっていき、奇怪な花を咲かせている。

〝そうでもない。分かっていたことだ〟

〝どうやって気付いたの？〟

〝二つある。一つ目は殺気が漏れていたことだ〟

〝もう一つは？〟

エルフモドキが尋ねると、シレンツィオは両手にそれぞれ短剣を持ちながら口を開いている。

〝エムアティ校長だろうかという質問に、答えなかった。どういうわけだか嘘は人間の専売特許だ。妖精やその仲間は人間から見てまともな嘘がつけない〟

〝私の嘘はバレバレでしたか〟

〝可愛いとは思った〟

〝シレンツィオさんは私のことが大好きですすと〟

肩に乗っているボーラが、口を開いた。

「残念でしたね、シレンツィオさんはあなたに負けないくらいファンタジーなんです」

その言葉にシレンツィオが反応した。

〝どういう意味だ〟

〝私もシレンツィオさんが大好きってことです。それより、目の前の羽妖精女王モドキに集中してください。邪悪感知の魔法に反応しています〟

〝羽妖精女王モドキ〟

シレンツィオは改めて眼の前のエルフモドキを観察した。羽妖精と森妖精、どちらも妖精なので似通ったところがあるかもしれない。見れば両者の特徴を持ったこれは、妖精というものの源流であろうか。おとぎ話ではなんと言っていたかなとシレンツィオは考えながら距離を測った。

まあ精霊よりは戦えそうだ。シレンツィオはそう考える。

「〝日記を渡しなさい。それは人間にはなんの価値もない〟」

〝あんたは人間じゃないのか〟

何が面白かったのか、エルフモドキは大笑いした。ただし、歪(ゆが)んだ笑いであった。

〝ええ、ええ！　たしかに人間でしたとも！　しかし〟

エルフモドキは憎しみの目を向けた。

〝人間は私を人間とは認めなかったのよ！〟

エルフモドキの言葉に呼応して植物が捩じ曲がり、槍(やり)のようになってシレンツィオに襲いかかった。矢と異なって短剣ではね飛ばせる重量ではなく、シレンツィオは横になって転がって避(よ)けている。立って飛んだりすると暗い中、足元不如意で転ぶためである。

「〝無様ね！　人間っ〟」

〝そいつは逆だ〟

シレンツィオは静かに口を開いた。

「〝人間だから無様なときもある。あんたはそれを捨てたから人間じゃなくなったんじゃないか〟」

シレンツィオの言葉は因果が逆転した詭弁(きべん)そのものであったが、エルフモドキの心をひどく傷つしてくる。

けたようで、連続して攻撃を開始した。執拗なまでにシレンツィオの身を貫こうと植物の槍を飛ばしてくる。

〝魔法をそんなに使うと世界が壊れる！〟

羽妖精のそんな叫びを聞きながら、シレンツィオは短剣を地面に突き立てて転がる自分を急制動した。そのまま起き上がりからの蜻蛉跳びで身をひねって躱して見せる。

迫りくる最後の槍は短剣を交差させて受けて、そらした。

シレンツィオは苦い顔になる。それを見たエルフモドキが、邪悪な喜びの声をあげた。

「〝あら、あらあらあら。何その手、焼けただれてるじゃない〟」

〝シレンツィオさん！〟

〝気にするな。まだ当分は持つ〟

〝ど、どうしたんですか〟

〝どうも鉄を握ると火傷するらしい〟

〝そんな羽妖精やエルフじゃあるまいし〟

〝テティスたちの名のりが人間だったのを忘れたか〟

〝あ〟

ボーラは短剣を握って煙を上げる手とシレンツィオの横顔を交互に見た後、口を開いた。

〝魔力で人間がエルフになるという話、本当だったんですね……〟

〝説明したろう〟

〝いやそうなんですけど……実際見るとちがうというかなんというか。いや、シレンツィオさんの耳が長く尖り始めてるなあとは思ってたんですよ？〟

〝軽口よりも作戦会議とかしたほうがよくなくて？〟

シレンツィオの負傷で挑発から立ち直り、余裕を取り戻したエルフモドキがそう言った。

〝ご丁寧に痛み入る〟

〝ふん〟

エルフモドキはそう言って急に顔を歪めた。

「〝憎い、その余裕が憎い。想い合っているのが憎い！〟」

〝どうしましょうシレンツィオさん、私達のラブラブは羽妖精女王モドキにも知られているようですよ〟

〝ラブラブがなにかは分からんが、あれは、正気を失っているように見える。冷静な判断ができているようにも見えんし、隙をついても来ない。そもそも目的が日記の奪取。意味が分からんな〟

〝もしかして、今のやりとりは罠でした？〟

〝いや。痛みを紛らわせるためだ〟

〝シレンツィオさん、日記を捨てて逃げるのはどうですか。あの日記には大したことは書いてありません〟

〝俺は女との約束は破らない主義だ〟

〝私と約束しましたよね。危ないことしないとか戦闘はしないとか〟

〝そっちは覚えていない〟

〝こら〟

エルフモドキは翅を動かしながら奇怪な植物たちを伸ばしてシレンツィオの足を絡め取ろうとした。シレンツィオは短剣で植物を切断し、植物が煙をあげて燃え始めるのを見て、俺の同類だなと考えた。

つまり魔力というものは、鉄と激しく反応する性質があるらしい。

シレンツィオは鉄の短剣を握りしめた手を包帯でぐるぐる巻きにして笑った。

「〝最後までやるか？　俺は引き分けでも構わないのだが〟」

「〝殺してやる〟」

エルフモドキは再び植物の槍を次々と形成し始めた。この攻撃が一番効果があると判断したようであった。実際その通りなのだが、シレンツィオの表情はいつも通りだった。心の内もまた同じ。

静寂の名は伊達(だて)でなかった。

〝ボーラ、怒っていないで、頼まれてくれ〟

〝シレンツィオさん、絶対悪い男って言われますよね、言われますよね？〟

〝他人が何を言おうが知ったことか〟

〝そういうところですよ！　戦い終わったら説教三時間ラブラブ六時間です。それで私に何をさせようっていうんですか！〟

〝エルフモドキから情報を得ようとしても埒はあかないだろう。他から、答えを出すしかない〟

〝ノーヒントは無理ですよ！〟

〝難しい話ではない。日記を思い出してくれ〟

〝羽妖精に記憶問題は期待しないでください〟

〝それでもだ。今はそれが頼りだ〟

〝がんばります〟

シレンツィオは思った。

〝あれは植物の魔法しか使ってこない。人間にとって忌々しい火の球を使ってこないということは、新しい魔法に精通していないということではないか？〟

〝はい。シレンツィオさんのいう、意思の力だけで魔法を使っていると思います〟

〝正気を失う前は植物に関係した仕事をしていた可能性がある。それでいてエムアティ校長の日記を読みたがる人物だ〟

〝エムアティさんのお母さんですね〟

〝その名前が知りたい。おとぎ話が本当だとして、名前を呼びかければ、あるいは〟

〝難しいことをいいますね！　確かに魔法には名前の掟というものがありますが！　あとそれは求

婚になりかねないので言い方考えてください〞

シレンツィオは飛んでくる槍をぎりぎりで躱しながら足に絡みつく草を短剣で薙ぎ払った。踊るような舞うような、それは動きであった。

〝頼む〞

〝通常、日記に母親の名前を書く人はほとんどいないと思います。母と書けばでいいわけですから〞

〝それでもだ〞

〝日記を落としてください。最速で探しますから〞

〝分かった〞

シレンツィオは日記を入れた袋を落とした。

エルフモドキは目当てのものが落とされたにもかかわらず、シレンツィオを狙った。冷静な判断力が失われているとシレンツィオは判断し、外套を盾や鎧にしながら回避した。外套にはボーラがちくちくと刺繍した守りの魔法陣が描かれており、それがシレンツィオの身に致命的な怪我を負わせることを阻止していた。

〝俺は好かれているな〞

〝今頃言わないでください！　一冊目読了、あと二冊です。現在該当なし〞

守りの魔法があるとはいえ、無傷ではいられない。怪我はしている。加えて短剣を持ち続けることでの傷もある。持つかどうか。シレンツィオは考えながら何度目かの植物の槍の一斉攻撃を回避した。外套に穴が空いて淡い光が急速に失われていく。

〝二冊目読了、現在該当なし〟

シレンツィオは呼吸を一度すると、息を止めてはじめて接近を試みた。逃げ回る間に足元を確認し続けていたのである。

短剣を突き立てようと動いたのを見てエルフモドキは植物の壁を立てた。茨がひしめく生け垣だった。シレンツィオは薄く笑うと距離を取った。

〝戦いの素人だな。壁では敵の動きが見えなくなる〟

〝殺してやる！　理由も思い出せないが殺してやる！〟

シレンツィオは包帯を解くと短剣を捨てた。これ以上持っていると指が使い物にならなくなるという判断だった。

有利なことはこちらは戦いが仕事だった。向こうは素人だ。不利なことは数え切れんな。

シレンツィオは笑っている。日記に名前がなかったら？

まあその時に考えよう。シレンツィオはそういう人物である。顔は凛々しく険しいが、楽観主義なのだった。

後、何手稼げるか。それが問題だ。

シレンツィオは狭い範囲を逃げ回りながら、エルフモドキの立てた茨の壁を利用して身を躱している。

〝あと二手くらいは持つ〟

〝急いでます！　あった！〟

シレンツィオは微笑んだ。目の前の壁がほどけて触手になって襲いかかるのを後ろに飛んで回避した。ボーラの横へ。

〝名は？〟

〝リアティ〟

「〝リアティ！〟」

シレンツィオが大声を上げると、エルフモドキの動きが止まった。なにかに縛られたかのように固まっている。

「〝敵対をやめてくれ。俺はあなたの娘を尊敬しているし、その母を傷つけたくもない〟」

シレンツィオがそういうと、エルフモドキことリアティは急に脱力した。

〝嘘をつけ〟

「〝嘘ではない〟」

〝娘が私のことを思うわけがない！〟

〝え、そっちですか？〟

ボーラの思念がシレンツィオに入ってくる。シレンツィオは巨体を震わせて両手で顔を隠して泣くリアティを見た。

〝私は夫や村に捨てられたのよ。もう人ではないと。彼らが娘に私のことをどう言ったかなんて簡単に想像できる〟

「〝想像はどこの国でも最強の化け物だ。それは普通の人間をも化け物に変える〟」

シレンツィオは酷く優しくそう言うと、リアティに近づいた。

「〝想像は事実と真実で殺すことができる。誤解があるなら解こう。その手助けはする〟」

ボーラは頰を膨らませたが、膨らませるだけにとどめた。

「シレンツィオくん？　私の母を口説かないで欲しいんだけど」

いつのまにか現れたエムアティがそう言った。シレンツィオはそんなつもりはないと眉一つ動かさず答えている。そういう男なのだった。

〝俺のことよりも、校長はすべきことがあるだろう〟

〝そうね〟

エムアティはそう考えると、数歩前に歩いた。表情をどうしようかと考えて、笑いながら涙がでている。

「〝お母さん〟」

「〝エムアティ……〟」

シレンツィオはそっと下がると、腰を下ろした。焼けただれた手を見ながら治療の魔法を使おうと考える。

治りは遅いが手から煙が上がって治癒が始まった。まあ、時間はかかってもいいだろうとシレンツィオは思う。久しぶりの親子の再会であろうから。

シレンツィオはエムアティに日記を返却した後、母娘に見送られて山都へ向かっている。

〝報酬とか要求しても良かったんじゃありません？〟

肩の上に座ったボーラが、そんなことを言う。シレンツィオは何の興味もなさそうに、肩をすくめただけであった。

〝そんなことだからアルバから追い出されちゃうんですよ。シレンツィオさん〟

〝追い出されたつもりはないが、まあ帰るつもりはないな〟

〝そうなんですか？〟

不思議そうなボーラに、シレンツィオは親指を自分の長い耳に向けている。髪は銀色になってしまっている。

〝この姿だ。手紙ではどうとでもごまかせるだろうが、実際に会うのは無理だろう〟

〝あー。そうですよね。私も体の組成が変わったみたいで〟

〝大丈夫なのか〟

〝多分。でも重大な変更がかかったんでもう女王のところには帰れないですねえ。マージしたら大変なことになっちゃう〟

〝マージがなにかは分からんが、思えば妙なことに付き合わせた。すまんな〟

シレンツィオが詫(わ)びるので、ボーラは微笑(ほほえ)むとその顔に寄り添った。

〝いーえー。感謝してるくらいです〟

〝そうなのか〟

〝はい。シレンツィオさん、多分寿命がだいぶ伸びていると思うんですよね。エルフみたいになったんですから〟

〝そうか〟

シレンツィオはなんの興味もなさそうな顔でそう考えた。その可能性はもう考えていたし、シレンツィオとしてはどうでもよかった。寿命で死ぬということを老衰と結びつけることが難しい時代である。人間あがりのシレンツィオにしてみれば、死ぬまで生きる程度の感覚しかない。

〝多分、私もですよ?〟

〝何がだ〟

〝寿命です。シレンツィオさんが人間じゃなくなったみたいに、私も羽妖精じゃなくなっちゃいました。寿命も伸びてる気がします。良かったですね。シレンツィオさん〟

〝そうだな。それは素直に嬉(うれ)しい〟

その言葉を聞いた時のボーラの表情たるや、蕩(とろ)けそうなものであった。続いて恥ずかしくなって、顔を隠した。

〝やっと私のことを大好きだって認めたようで!〟

〝この程度でか〟

〝シレンツィオさんのいけず、いいんです。この程度で〟

ボーラは晴れ晴れとした顔を向けている。続いて、頬（ほお）を赤らめて満面の笑み。

〝だってこの先長いんですから、楽しみは少しずつ、ですよ〟

〝そうか〟

二妖精はしばし、黙って歩く。片方がテレパスを送ったのは、空を見上げ、太陽の位置を確認してからだった。

〝シレンツィオさん、大変です。あれから七年経（た）っているみたいです！〟

〝昔話であったな。妖精の国に行くと時間の流れが違っていたと〟

〝すこー。なんですかその塩対応。そこはな、なんだってーですよ〟

〝種族が変わって、精霊が実在したんだ。驚くに値しない〟

〝そう、それです、妖精じゃなくて精霊だったんですねえ〟

〝そうだな。一応妖精の国の話とは思うんだが〟

シレンツィオはそう考えた後、自らの頭を掻（か）いている。

〝まさか短剣の収集品（コレクション）を手放すことになろうとはな〟

シレンツィオは死ぬ最後まで、あるいは棺桶（かんおけ）の中にまで短剣を持って行くつもりだったようである。今はそれも、山の中だ。

ボーラはシレンツィオの頬に口づけした。

〝生きるってことは変わることだよってガーディさまは言っていました〟

〝そうか〟

シレンツィオはもう一度そうかとつぶやいたあと、偽名を考えなければならんなと言った。

〝そうですね。さすがにシレンツィオはダメそうです。何にするんです？〟

〝トンボの大島風の名前にするか。誰も行ったことがないだろうから素性をごまかしやすい〟

〝いいですね。じゃあ私が名前をつけてあげます！〟

〝いいぞ〟

〝えへへ。じゃあムデンで！〟

〝意味は？〟

〝何も伝わってない。つまり、無伝です！〟

〝なるほど。いい名前だ。そうしよう〟

シレンツィオはムデンとなり、羽妖精とゆっくり山都へ降りて行った。

了

ボーナストラック

これは、ムデンがシレンツィオだった頃、山を降りる途中のこと。

以前は一息で行けたのに、シレンツィオは疲れて一度休んでいる。これも種族が変わったせいか。

木々の根から飛び出したような岩の上に座り、シレンツィオは酒だった酢を飲んでいる。他に口にするものがないのだった。

ボーラはどうかというと、得意の絶頂であった。

〝べ、ロ、チュー、べ、ロ、チュー！〟

自作の変な詩を歌っている。

〝ときは来た！　約束のときが！〟

そんなことを言ってシレンツィオに無視されている。無視というよりもシレンツィオはいつも通り、興味なさそうであった。

ボーラは翅(はね)をしおれさせて、墜落している。慌てたシレンツィオに拾われている。

〝どうしたどうした〟

〝そこは恥ずかしそうにすべきです〟

〝そうなのか〟

〝はいっ〟

ボーラはシレンツィオの手のひらの上で正座してそう言った。シレンツィオはそうかとうなずき、恥ずかしい顔とはどうだったかなと考えている。ボーラは一分ほど待った後、顔を真っ赤にして怒り出した。

〝もういいです！　また母親の腹の中に置き忘れてきたんでしょ〟

〝そうかもしれん〟

〝口づけしますからね〟

〝いいぞ〟

ボーラはこともなげに言われた後、深呼吸して、頬が赤いのを気にして手のひらを添えた。色が引いてくれることを期待している。

しかるのちに決心し、口づけをした。思いっきり舌をシレンツィオの唇の間に押し込んだ、のだが。

二妖精の身長差は大きく、シレンツィオはベロチューなる言葉の意味をついに理解することはなかった。舌が入っていることに気づかなかったとも言う。ボーラが拗ねたのは言うまでもない。

襟から出てこなくなったボーラにため息をついたあと、シレンツィオは機嫌を取るための料理を考えるのだった。

〝りんごはどうだ〟

〝いやらしいヤツのほうがいいです〟

〝いやらしいりんごか……〟

襟に大きな目が浮かび上がった。怒っている。

〝分かって言っているでしょ！〟

〝そんなことはない〟

それでシレンツィオはいやらしいりんごという新たな料理を作り上げるのだが、それはまた別の話になる。

あとがき

いらっしゃいませ。作者の芝村裕吏です。

この巻は書籍版とWeb版で読み味が違います。内容は同じですが。(重要)

これは掲載媒体の違いによるもので、割と作者にはどうにもできません。すみません。気にしない人は気にしない程度なんですが、プロ作家を長年続けているくらいの人だと違いが気になってどうしようかと悩むくらいには読み味が違いますね……。

Web掲載版のほうが重苦しく感じて、書籍だと軽く感じてしまうこの不思議。

さておき、2巻です。めでたい。できれば三巻まで出したいので応援、何卒よろしくおねがいします。

ちなみにこの2巻は趣味全開の伏線の嵐になっておりまして、出てくるシーンや場所が後につながるようになっております。書いてて楽しかった……。伏線って大事なものではあるんですが、連載物だったりするとどうしても扱いが難しくなってしまうんですよね。

今作ではそんな状況からの、伏線おばけを作ろう、という試みだったりします。大変に苦労しましたが、気持ちよかったです。

売上には関係しないんですけどね。作家の作家性って、売れないと分かってもやっちゃう部分にこそ出ちゃうんですよね。自分でもどうしようもない描いてしまうもの。それが作家性なのでしょう。

英雄その後のセカンドライフ2

2024年9月25日　初版発行

著者　芝村裕吏

イラスト　しずまよしのり

発行者　山下直久

発行　株式会社KADOKAWA
〒102-8177 東京都千代田区富士見2-13-3
0570-002-301

印刷・製本　株式会社広済堂ネクスト

デザイン　たにごめかぶと(ムシカゴグラフィクス)

●お問い合わせ
https://www.kadokawa.co.jp/(「お問い合わせ」へお進みください)
※内容によっては、お答えできない場合があります。
※サポートは日本国内のみとさせていただきます。
※ Japanese text only

ISBN 978-4-04-683918-3　C0093

定価はカバーに表示してあります。